5

黑山
絮语森林
冰滴山谷
静河
白骨之路
沼泽地
铠甲之路
铁树枝门

食人怪王国
风暴海
龙鼎
影子湾
石头斗
兽场
魔镜
静河
人怪营地
灼热之土
死亡崖

图书在版编目（CIP）数据

幻想王国. 5，絮语森林 / （意）阿瑟·特尔曼著；龚星月译. —广州：新世纪出版社，2017.1
ISBN 978-7-5583-0024-0

Ⅰ. ①幻…　Ⅱ. ①阿…　②龚…　Ⅲ. ①儿童文学—科学幻想小说—意大利—现代　Ⅳ. ①I546.84

中国版本图书馆CIP数据核字（2016）第119567号

出 版 人：孙泽军
责任编辑：李粒子　李世文
特约编辑：王凯波
责任技编：许泽璇
封面设计：高豪勇

HUANXIANG WANGGUO 5 XUYU SENLIN
幻想王国5　絮语森林
［意］阿瑟·特尔曼　著　　龚星月　译

出版发行：新世纪出版社
（广州市大沙头四马路10号）
经　　销：全国新华书店
印　　刷：佛山市浩文彩色印刷有限公司
规　　格：890毫米×1240毫米　1 / 32
印　　张：5
插　　页：32
字　　数：90千
版　　次：2017年1月第1版
印　　次：2017年1月第1次印刷
定　　价：20.00元

质量监督电话：020-83797655　购书咨询电话：020-83781537

THE KINGDOM OF FANTASY

幻想王国

絮语森林

[意] 阿瑟·特尔曼 著　龚星月 译

5

SPM
南方出版传媒
新世纪出版社
·广州·

主要人物介绍

Ombroso翁布罗若

原名阿乌达琪，意为“忧郁的影子”，是年轻勇敢的森林精灵，受仙女女王之托，决心打败黑女王的邪恶势力，让和平重新回到幻想王国。

Robinia罗比尼娅

骄傲固执的森林精灵，森林王国的王位继承人，在森林王国解放之后决定与翁布罗若一起解放其他消失的王国。

Zolfanello小火柴

森林王国可爱的小羽龙，罗比尼娅亲密的伙伴。

Regulus莱古路斯

可爱的星星精灵，丝碧卡的哥哥，翁布罗若最好的朋友，决心陪伴翁布罗若与他并肩作战。

*Spica*丝碧卡

莱古路斯的妹妹，大胆的星星精灵，为了帮助翁布罗若完成使命而离开了自己的王国。她的武器是一把魔法弓。

*Favilla*法维拉

从被囚禁的女巫王国逃出来的年轻侏儒，被魔法变成了一只鹅。

*Ginepro*吉内普罗

森林王国的宫廷大学士，在森林王国被侵略的时候死去，留下了神秘的预言。

*Stellarius*斯特拉利乌斯

幻想王国强大的巫师，一直在与黑暗力量和黑女王战斗。

Fortebraccio弗尔特布拉齐奥

猎人在骑士岛的老朋友和第一个兵器老师。

Nevina奈维娜

居住在永冬堡的雪峰仙女，仙女女王弗洛莉迪娅娜派出保护幻想王国的守卫仙女。

Crampo克兰伯

阴险的食人怪，又矮又笨重，致力于养殖毒蝎子。

Teschiaccio骷髅头

可怕的食人怪头领，独眼，额头上有一道伤疤，平时最喜欢的消遣是折磨无辜的生命，不管是小龙还是囚犯。

Urtico乌提科

克兰伯的助手，帮助克兰伯把致命毒药隐藏在蝎子身上。

Codamozza半尾

古老而高贵的蓝龙家族的最后幸存者，被食人怪囚禁，因而变得凶猛野蛮。

“找到权杖”，

这就是翁布罗若的使命！

毁灭这个黑女王手中的致命威胁。

但前往女巫王国的路还有多长，

没有人知道。

在翁布罗若和选择陪伴他的伙伴的头顶，

墨汁一样黑的云越积越厚。

然而勇敢的精灵，

毫不犹豫地选择了迎接自己的命运，

他们心中既害怕又渴望。

新的黎明在等待他们，

同时还有新的危险和痛苦的抉择。

在这个幻想王国最可怕的时代，

他们可能会跌入永远的黑暗。

现在我们已经知道了后来的事情，

但那时……年轻的翁布罗若知道什么呢？”

（法布鲁斯巫师《幻想王国》，写在本书之前。）

前情介绍

这个故事发生在很久很久以前，那是一个神秘的时代，是英雄和巫师的时代，也是女巫和怪物的时代，探索和危险的时代。那个时代如此不幸，以至于现在的人们把它称之为幻想王国的黑暗时代。

故事的主人公叫阿乌达琪，在他很小的时候，黑女王的势力占领了森林王国，他被迫离开了自己的家园。他在星星王国度过了少年时代。在那里，被叫作翁布罗若的他得到了爱和一个新的家。直到有一天，为了打败邪恶势力解放森林王国，翁布罗若离开新家回到了故土。那里，他在朋友莱古路斯、丝碧卡和强大的巫师斯特拉利乌斯的帮助下，解放了被敌人统治压迫的森林精灵和他们的王国，并且还与年轻的罗比尼娅和她的羽龙小火柴建立起了友谊。因为拥有一把叫作“毒药”的神秘的剑，他做到了任何英雄都没有做到的一件事情：杀死了一个黑女王手下最危险的战士——空心骑士。空心骑士本是没有身体的恐怖盔甲，他们拥有极其强大的战斗力，不会受伤，不会被打败，在这之前从未被杀死。

然而他的使命还没有完成。

女巫们仍然很强大，并且仍在企图占领整个幻想王国，把所有的一切都埋葬到黑暗之中。翁布罗若、莱古路斯、丝碧卡和罗比尼娅决定为了自由和光明而战。

他们和斯特拉利乌斯巫师一起出发去拯救所有消失的王国。就这样，他们来到了矮人王国。在那里，可怕的邪妖利用那些热爱和平的矮人们为空心骑士制造铠甲。于是，我们的英雄们帮助矮人们夺回了自由，并且得知黑女王最可怕的东西是她的权杖。

矮人们送给了翁布罗若“仙女的颤音”，一个具有魔法，能够削弱权杖的铃铛。

在这次旅途中，一个新的朋友加入了他们：一只叫作法维拉的灰鹅。其实她曾经是一个被迫在女巫王国当仆从的年轻女侏儒，从女巫王国逃出来的时候，被女巫的魔法变成了一只鹅。法维拉一直希望能回到她的族人中间，却不知道她所有的族人都被杀死或变成奴隶了。在矮人王国她遇到了这几个勇敢的精灵，他们决定一起回到灰色侏儒王国，也就是现在的食人怪王国，然后继续寻找前往女巫王国的道路。

同时，斯特拉利乌斯和神秘的猎人一起在冰冷的大雪山间寻找雪峰仙女奈维娜的帮助。

这些勇敢的英雄们将要面临的事情，被法布鲁斯巫师用他的话记录在几乎被遗忘的古老的《幻想王国》中。

你们听……

目录

沼泽地

第一章　前进

清晨，在翁布罗若、丝碧卡、莱古路斯、罗比尼娅和法维拉休息的平地上，太阳刚刚升起，金色的光芒照亮了大地。

食人怪王国温暖的气候比之前矮人王国的冰天雪地要舒服多了，但空气很潮湿，到处弥漫着一股腐败植物的味道。

不过，温暖的阳光已经足够让好心情回到莱古路斯和妹妹丝碧卡身上，他们在魔法门的废墟前嬉笑打闹着。

翁布罗若和罗比尼娅看起来却心事重重。

罗比尼娅把小火柴抱在怀里，看着眼前打着旋儿的浓雾，翁布罗若的脸上则露出了担忧的神色。

“那，我们现在怎么做？他什么时候来？”法维拉突然问，她是一个被变成了鹅的侏儒，跟他们一起从矮人王国来到了这里。看着魔法门的废墟，她有一点不耐烦了。

“他不会来了。”翁布罗若说。

法维拉吃了一惊。

“现在魔法门被封闭了，斯特拉利乌斯不会来。只有靠我们自己了。”

他发现，他也是第一次，完完全全要靠自己。丝碧卡看着他，蓝色的眼睛里有些担心。

当他们穿过魔法门时，翁布罗若根据巫师的命令关闭了它。要这样做，只需要把打开它的宝石带到门的另一边，让门上的魔法消失。现在魔法门倒塌了，通往矮人王国的路在翁布罗若的脚下被切断了。穿过魔法门后，他们掉进了一片潮湿腐败的土地上，这里就是食人怪王国。

这边的魔法门简单地用被藤蔓缠绕的铁条做成，沉在黑色的水塘里，在一片沼泽地的正中央。周围的一切都被浓雾笼罩着。

“我肯定斯特拉利乌斯能找到别的方法来到这里。他知道我们在哪里。”丝碧卡非常肯定地说。

“他也知道我们要去哪里。”罗比尼娅说。

法维拉轻轻地耸了耸她灰色的大翅膀，摇了摇头：“除了穿过这扇门外没有别的方法能够到达这里，侏儒们叫它铁树枝门。翁布罗若说的对。仙女修建这个通道正是为了在短时间到达距离如此遥远的王国。据我所知，要从另一个王国过来，如果不通过魔法门，那么唯一的方式是乘坐龙，但现在已经没有什么龙了。至少在斯特拉利乌斯现在身处的矮人王国的雪山上没有。”

“他也不能使用女巫的魔镜，因为他把可以打开魔镜的绿松石给我们了。”罗比尼娅叹气道，抚摸着小火柴的尾巴。

小火柴喷了喷鼻息。

“我相信他总能想出办法和我们会合的。”丝碧卡说，“不过目前我们必须自己想办法，所以法维拉的问题还是成立：我们现在该怎么做？”

“行动起来。”翁布罗若站起来说道，“用最快的速度。”

就在这一瞬间，太阳的光芒透过浓雾照到了他身上，好像在给他勇气：“我们有我们的使命，我们要找到通往女巫王国的魔镜。”

“没错。我们要到达黑女王的城堡——恐怖岩。”罗比尼娅看着远方说。

翁布罗若表情严肃地点了点头：“所以我们首先要考虑的就是如何离开这片沼泽地，并且不被食人怪发现。”

“这可不容易。”法维拉说。

“你从黑女王那里逃出来后经过了这里，比我们更了解这个王国，你有什么建议吗？”翁布罗若问。

法维拉看着他们，在这之前她并没有感觉到变成一只鹅会让她这么不自在。既然她已经答应了陪他们来食人怪王国，并且从这里进入女巫王国，那么她就要做到！

“有一条路。”她用严肃的声音说，“穿过沼泽。他们把这条路叫作铠甲之路，因为食人怪接收从矮人王国上交的盔甲时就是走这条路，之后他们会把盔甲交到黑暗军团的营地。”

“你是说他们曾经走的是这条路。”罗比尼娅笑着纠正了她，“现在魔法门已经被毁，他们没有办法交接盔甲了。”

法维拉点了点头：“但食人怪们还不知道这一点。盔甲的交接一年有两次，因为上一次交接才过去不久，所以他们要过至少六个月才会再来。然而通过沼泽地并不是容易的事情。”

“沼泽地？”莱古路斯问，“这名字听起来不像是什么好地方。”

“他们就这么叫的。”法维拉说，“静河的水把这里附近的土地都淹没了，而这个季节的雾气又非常浓，没有食人怪敢走到这里来。”然后她压低嗓子继续说：“这片土地不仅仅有淤泥、湿气和虫子，而且在食人怪里还有一个恐怖的名声。如果不是因为黑女王的命令，他们是不会自愿来的。”

“你是指什么？”翁布罗若问。

法维拉叹了口气：“他们用木桩搭在沼泽上建造铠甲之路，就是因为害怕走过沼泽。”

“这很正常，沼泽底下可能有流沙。”丝碧卡说。

“是的，但还有别的。他们谈论沼泽的时候，我能感觉到他们声音里的恐惧。”

“恐惧？”罗比尼娅问。

法维拉点点头。“我知道的不多，都是从他们口中听来的：似乎在这个王国被征服的时候，许多当时的原住民也就是侏儒逃到了沼泽地。食人怪里有个叫山圭苏伽的中士带着队伍追着他们来到了这里，想把他们从藏身地赶出来，但是这支队伍再也没有回去。”她停顿了一下，“很多人去寻找过这支消失了的军队，但他们也没有一个人回去，似乎是沼泽和浓雾吞噬了他们，所以就再也没有人去找这支队伍了。但黑女王的命令就是铁令，所以他们不得不搭建了铠甲之路来运送盔甲。你们真该看看他们出发的时候武装得有多好！总而言之，这里是与盟国的边界，没有理由有这么多的兵器和士兵。但事实是，食人怪害怕沼泽地。每当他们说起，我再说一次，他们的声音里和眼睛里都是恐惧！他们说这里有恐怖的东西，那些东西和这个世界一样古老，从黑山上下来，进入了静河的水中。我不知道怪物是不是真的存在，但那些食人怪平时都是天不怕地不怕的！”

“显然他们也有害怕的东西。”翁布罗若看了一眼四周。

他有点不安，其他人听到法维拉的话都惊呆了。事实上他们中没有人见过吃人的妖怪，但都知道它们的确存在，而且肯定是很可怕的。

“那么你有什么建议吗？”翁布罗若问法维拉。

“走铠甲之路，而且要快。我相信这是唯一能活着离开沼泽的办法。”

“所以我们要冒着被怪物抓去吃掉的危险。”莱古路斯说，“如果这条路通往他们的营地，我们很可能就会在路上碰到他们。”

“你知道魔镜在哪里吗？我们要去女巫王国就必须要通过魔镜。”翁布罗若问。

“在海边，东北方向影子湾附近。食人怪营地的另一边。”法维拉回答。

“好吧。”翁布罗若蹲下来，用石头和小树枝拼出了一个简易的地图，“这里，刚刚说了，是铠甲之路；这里，是食人怪的营地。”

在法维拉的帮助下，翁布罗若用石头和木棍标出敌人和魔镜的位置。往南，根据法维拉所说，他放了两个交叉的树枝代表死亡崖，那是一片难以活着走出去的不毛之地，而且在那里很容易被发现。

“这里怎么会有一片沙漠呢？”丝碧卡指着地图问，“这里是静河流经的区域。”

“这条河从沼泽地南边流出来，几千米之后就变成了地下河，重新回到地上是在这里了，灼热之土的北边。”法维拉指着代表魔镜的记号下面的一片区域说。

“如果经过死亡崖，”莱古路斯插话道，“在到达魔镜之前我们就会饿死。我们没有多少干粮。”

“我们来看看：不

能从食人怪的营地中穿过，也不能往南边走。”翁布罗若总结道，“那么没有别的办法了：只有往北，穿过沼泽地。”

“你对那个地方知道多少？”丝碧卡问法维拉。

法维拉叹了口气：“很少。那里全是沼泽地和密林，往东北方向应该还有饲养龙的地方。”

“饲养？”莱古路斯瞪大了眼睛，“我还以为龙不能被圈养呢。”

“得了，不管怎么说曾经保卫幻想王国的玫瑰骑士也是骑龙的。”丝碧卡说。

“是的，现在女巫正在试图饲养出完全属于她们的，比别的龙更凶猛的龙。”法维拉点点头说。

翁布罗若皱起了眉头，他额头上的星星微弱地闪了闪，然后他从行囊里拿出了仙女女王弗洛莉迪娅娜送给他的罗盘，希望罗盘能指示正确的方向。他看了一眼罗盘，说：“看来我们要走的路正是往北。”

“什么？通过沼泽地，还不能走铠甲之路，那不是去送死吗？”法维拉说。

翁布罗若把罗盘轻轻放到地图上，让其他人也能够看到：指针正是指向北方。正在玩耍代表魔镜的树枝的小火柴也停下来好奇地看着。

“好吧，既然罗盘这么说。”丝碧卡嘀咕。

“它不止一次救了我们。”莱古路斯说。

“我们不会真的要从沼泽地中间经过吧？”法维拉难以置信地说。

“我们没有别的选择。”翁布罗若斩钉截铁地说。此时，他额头上的星星发出了明亮的光，光芒照亮了罗盘，使罗盘边缘的几个字显现了出来：力量和勇气！

“我们没有别的选择。”他又说了一遍。

接着他把罗盘放回了包裹，站起来观察了一下周围。

东边较远的地方，升起了烟柱，说明那里是食人怪的营地。沼泽地上，巨大的紫色云团在阴暗的天空中聚集，没有鸟儿敢飞。

这就是古老的侏儒王国，在被黑暗军团征服之后成了现在的食人怪王国。此时它似乎正不怀好意地等待着翁布罗若和他的朋友们。

翁布罗若停了下来，抬起头叹了口气。

他很累。他和他的伙伴，一直跟随着罗盘指示的方向在浓雾弥漫的沼泽中跋涉。时间过得很慢，慢得让人难以忍受。

空气如此浑浊，以至于呼吸都变得很困难。水浸透了土地，让每一步都变得尤其艰难。躲避水塘、流沙、食肉植物和毒蘑菇则比他们想象的更耗费体力。偶尔见到的几棵树看起来不过是苍白模糊的影子；青蛙的鸣叫和蚊子的嗡嗡声时不时被远处传来的呜咽和恐怖的吼声打断。

“是龙的声音。”法维拉说。

就这样，他们在浓雾和淤泥中度过了漫长的两天。每往北走一步都很吃力。腐烂的湿地上，雾气越来越浓，蚊虫越来越多。他们不得不一次次重新选择更好的路，小心翼翼地试探脚下的泥土是否会把人陷进去。

翁布罗若很沮丧。尽管他们非常努力，但并没有离魔法门太远。他再一次用“毒药”试探了下脚下的路，而剑身再一次沉入了深深的烂泥中。他停下来，此刻他们找到的路消失了，面前只有水塘。然而罗盘还是指着北方，指着水塘。

翁布罗若叹了口气。他面前只有一些巨大的睡莲叶子，浮在浑浊的灰色水面上。

他往前一步，惊起一阵蛙鸣，长着蓝背的奇怪青蛙从水面上露出来。

法维拉伸长脖子看了一

眼翁布罗若：“我一直在想，食人怪们走铠甲之路一定有他们的原因。我们这样走下去会迷路的。”她说得很慢，但语气很坚决。

“我们要对弗洛莉迪娅娜的罗盘有信心，到目前为止它从没有出错。”莱古路斯替翁布罗若回答了她，而翁布罗若却一直在回避同伴们的眼睛。

“现在有个问题：我们的干粮不多了，这周围都没有什么吃的。”丝碧卡说。

“可以食用的树根很少。我再说一遍：回去。”法维拉边说，边期待地看着翁布罗若。

翁布罗若仍然沉默，但再一次从行囊中拿出了罗盘，严肃地看着它，似乎害怕看到它指出的方向。但是，北方，还是北方。

“不能回去。这就是我们要走的方向。”他说。

“我真搞不懂你。你自己都不相信，却还要这么做！你难道是害怕自己做的决定吗？”法维拉说。

“不是！”翁布罗若有些生气地说，“走食人怪的路非常可能直接把我们送到他们的手里！对不起，我不愿意这么做！”

法维拉感到自己的羽毛在燃烧。“啊，”她愤怒地说，“如果我们死在这里，那还真的是为对付女巫的战斗做出了大贡献呢！如果你不需要我的建议又何必把我带到这鬼地方来呢？本来我永远都不用回来的。”

翁布罗若的脸色更难看了：

“我们需要你。我知道你懂得很多对我们有用的事情，但至于要走哪一条路，我们必须听罗盘的。这是我唯一放心的选择。”

“看看你的罗盘把我们带到了什么地方！一个死胡同！现在你打算怎么走呢？”法维拉不屑地说。

“或许我们应该在刚刚那个岔路口往另一条路走。”莱古路斯提议。

“或许我们的路应该就是那个！”丝碧卡指着他们面前的水塘说，“睡莲！”

“睡莲？”罗比尼娅重复了一遍。

小火柴嘟哝了一声，跳到翁布罗若的背上，想用它黄色的眼睛看得更远些。

“没错，它们够大，或许可以承受我们一个人的重量，至少足够从一片睡莲走到下一片。”翁布罗若说。

“你们真的想从上面过去？”法维拉怔住了。

“为什么不？”丝碧卡笑着说，“在河流精灵的传说里有一个建造在岛上的宫殿，通往宫殿的路就是睡莲连起来的。”

“但那只是一个传说。”罗比尼娅说。

“好吧，明天早上我们就看看是不是真的如此。今天我们走得够远了，我们就在这里休息吧。”翁布罗若说。

他冲丝碧卡微微一笑，和其他人一起升起了一小堆篝火。

夜晚很快降临，天黑了下来。少年们坐在篝火前，脸色苍白，没有力气说一句话，每个人都沉浸在自己的思绪中。

他们不安地等待夜晚过去，每一声响动后面似乎都隐藏着未知的危险。

第二章　水上的路

在黎明的天光中，星星一个接一个暗淡下去，最后都不见了。

丝碧卡醒来的时候，发现自己整晚都睡得很熟。她坐了起来，整理清楚头绪，看到翁布罗若正专注地看着水面上的睡莲。

她从没见过如此紧张的翁布罗若。弗洛莉迪娅娜交给他的使命似乎是无法完成的。到达女巫王国，摧毁权杖。穿过敌人的巢穴，连仙女自己也无法到达：根据远古传说，如果一个仙女穿过了女巫王国的边界，就像一个女巫穿越了仙女王国的边界，她就会失去自己的魔力。所以弗洛莉迪娅娜需要其他人的帮助来打败背信弃义的黑女王。

那个人就是翁布罗若。

第二章　水上的路

丝碧卡决定竭尽全力帮助翁布罗若以分担他的重任。如果没有人帮助，就算是翁布罗若这样强大和勇敢的人，也会被重担压碎。

她坐到他身边：“你在担心，是吗？”

“我不知道该走哪条路。”

“罗盘总是指引我们正确的方向。我知道这次也是。”

翁布罗若不再看睡莲，而是把眼睛转向了丝碧卡：“你愿意帮我吗？”

“帮你做什么？”她好奇地看着他。

翁布罗若从行囊中拿出一本小小的书，里面是老吉内普罗的预言，这位森林精灵的老先知曾经帮助过他。

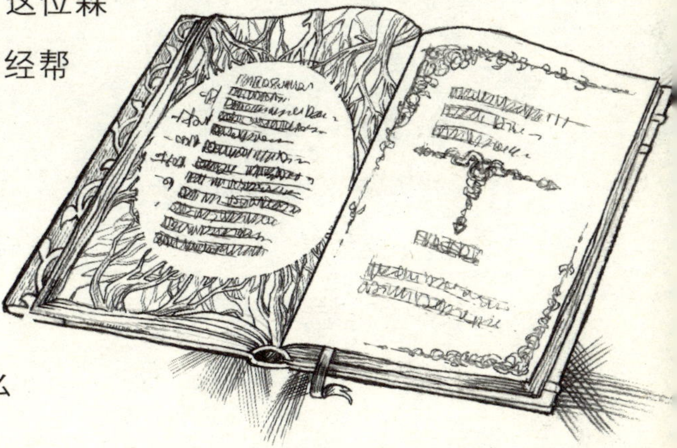

“我差点忘了！”丝碧卡高兴地喊道，“或许这里有什么

提示。”

翁布罗若打开书，纸张因为沼泽地的潮湿已经变得皱巴巴的了，两人小心翼翼地翻看着，直到翻到空白的一页，蓝色的墨水在页面上潦草地画了一个圈。

这时候翁布罗若额头上的星星亮了，光芒照亮了书页。

圆圈的中间出现了几行字：

现在是重新开始的时候了
盲目和无奈的前行

巨叶路的尽头
百足之死
被遗弃的白骨之路
通往藏着冰滴的地方

骑士仍须前行
空气向倾听者开口

倾听者也会说话

骑士仍须前行
劈开没有眼睛的骷髅
炽热使看不见的火焰屈服

骑士仍须前行
在汹涌的水上
展开玻璃的翅膀
不再面对死亡和痛苦

“骑士。”翁布罗若喃喃地说。他马上想到了龙猎人，他在森林王国遇到的神秘精灵，后来在矮人王国成了他们的盟友。他对他了解不多，只知道他曾经是和他父亲一起并肩作战的玫瑰骑士。

“会不会这里的骑士就是指你？”丝碧卡问，打断了他的思路。

“我不是骑士。”

“或许不是，但你有命运之剑在身上，为保护弱小而战斗，与女巫战斗。”她指着预言继续说，“‘是重新开始的时候了，盲目和无奈的前行’，看看周围，浓雾让我们看不见，沼泽让我们无奈。”

翁布罗若重新看了看那一页：“‘巨叶路的尽头’，这说明你说的没错！我们应该从睡莲上走过。”

这时候丝碧卡蓝色的眼睛蒙上了一丝阴影：“‘百足之死’你觉得这说的是法维拉提到的怪物之一吗？”

“我不知道，丝碧卡。”

话音刚落，一声可怕的叫声吓得他们都跳了起来，接着是一声长长的号角声。

小火柴突然睁开了眼睛，竖起羽毛，拱起身子，发出一声低吼，躲在了翁布罗若沾满淤泥的靴子后面。

“发生了什么？”莱古路斯问，他被这打雷一样的声音惊醒，跳了起来。

“他们来了，食人怪？”罗比尼娅说，仍然睡眼惺忪。

“不是。”法维拉说，“这个声音从很远的地方传来，或许是某条龙在反抗它的教练。”然后她转向翁布罗若和丝碧卡说：“你们手里拿的是什么？”

他们把预言递给其他人看，莱古路斯叹了口气：“又是一个谜语！和以前一样，我没看出什么来。”

罗比尼娅点点头：“法维拉，你来过这里，你看不出来指代的是什么吗？被遗弃的白骨之路？”

法维拉摇摇头：“沼泽地对食人怪来说都是一个谜，我来这里的时间并不长。但‘汹涌的水’应该说的是海。很抱歉，我不能帮你们太多。”

“不要自责。”翁布罗若安慰她，“或许我们在路上慢慢就明白其中的意思了。现在我们最好尽快通过巨叶之路。我们不知道这条路有多长，最好借助白天的光线通过它。”

其他人点点头，草草准备了一下早餐。

“准备好了。我第一个走。”翁布罗若说着往前走了几步。

“我不觉得这是个好主意。”莱古路斯拦住了他。

“我足够重，可以测试睡莲的承重能力，如果浓雾里面有什么东西等着我，我手上有武器。”翁布罗若抢在其他人反对之前干脆大声说道。

他紧紧握住“毒药”的剑柄，“毒药”在剑鞘中一动不动：好兆头，因为如果它颤动了就说明前方有

危险。

“我把这条绳子捆在腰上，你们拿住绳子的另一头。”翁布罗若一边说一边在绳子上打了个结。

他并非充满勇气，也不是充满力量，但他必须尝试。他站在石头上往离岸最近的睡莲上跳了过去。

刚落脚，睡莲承住了他的体重，摇晃了一下。其他人高兴起来，接着他发现几条细流开始往睡莲上流进来，他意识到自己必须尽快跳到下一片叶子上。

“如果我们站的时间太长睡莲就会沉下去，我们必须敏捷点！”他对其他人喊道，“放绳子。”

莱古路斯放出一段绳子，翁布罗若在第一片睡莲叶子盛满水之前跳到了第二片睡莲上。两片，三片，四片，他连续跳到第五片睡莲叶子上，接着是更远的一片，这时候他看到了对岸。最后他纵身一跳，来到了岸上，手和膝盖都在着地的时候沾满了淤泥。

他站起来仔细地弄干净身上的淤泥，然后看了看四周。这似乎是一个小岛，在睡莲和浓雾的中间。他回头，但看不到其他人。

“他停下了。”莱古路斯说。

“喂！”法维拉喊。

“睡莲中间有个小岛！”翁布罗若回答，“你们到我这来！”

很快，大家既吃力又有些害怕地陆续来到了岛上。

“我们必须继续朝罗盘指的方向走。”丝碧卡说。

“没错。”翁布罗若说，飞快地看了一眼罗盘。

“我们继续走，一直穿过水塘。”说完他再次消失在浮动的白色浓雾中，灵活地从一片睡莲跳到另一片睡莲。绳子动了，好像什么也没有捆到，翁布罗若跳跃产生的扑通声渐渐变小了。

当太阳开始下山的时候大家都非常累，心情也很坏。

“我们好像在转圈，你确定那个罗盘没有坏吗？”法维拉问。

“这是仙女的罗盘，不会坏！”丝碧卡说。

“谁告诉你的？”法维拉说。

“其实在森林王国的时候，空心骑士就用箭射坏

了它，后来修好了。”罗比尼娅说。

“这就对了，它是修好了的！所以没有问题！”丝碧卡说。

“够了！”翁布罗若说。他太累了，没人听到他的声音，争吵声越来越大，直到翁布罗若再次提高音量，打断了她们，丝碧卡正准备再次开口争辩。

“现在争吵是没有用的。”

“啊，当然了，如果你这么说的话我们当然要听你的！”

“什么？”

“你跟我们一样清楚！你在浓雾里瞎走，猜测正确的方向，还不停地命令我们。”丝碧卡不屑地说。

“明明是你说要从睡莲上走过去的！”翁布罗若

生气了。

“你可以不同意的！”丝碧卡握紧了拳头。

“没错，你真的觉得我们走的方向是对的？”莱古路斯也抱怨起来。

翁布罗若强迫自己不去理会他们的批评，说：“我们都累了，但我们必须继续。”

其他人看着他，眼睛似乎在诉说他们的饥饿、口渴、脚痛、困乏。

“翁布罗若说得对。”罗比尼娅说，“老是抱怨，还不如安安静静走路。”

罗比尼娅和丝碧卡互相瞪了一眼，没再说什么了。

翁布罗若检查了下绳子是不是还牢牢系在腰间，看了下罗盘，又出发了。

最后一跳没有那么容易。他感到腿前所未有的沉重。他落到了水里，幸好水不深，但很泥泞。他吃力地游到对岸，躺倒在地，等其他人跟上来。在浓雾中他听到他们仍在争吵，他不知道这是不是自己的过错。

但他能做什么呢？

第三章　女巫的头发

雾气继续笼罩着整个世界，让大家的心情更加糟糕。

“我们怎么还在中间？都走了一天了。”罗比尼娅一边抱怨一边远离其他人坐了下来。

“我讨厌这雾，淤泥和苔藓都沾到我头发上了。”丝碧卡说。

莱古路斯喘着气说：“你们别抱怨了！难道又饿又累的人只有你们两个？”

翁布罗若受不了了。他脑子很乱，从头到脚都湿透了，靴子变得很重，因为里面都是泥。而他们还在吵个不停。

只有法维拉已经停止了抱怨，她缩在一块石头后面努力把羽毛上的泥弄干净，和翁布罗若一样，她对此保持沉默。

或许他应该自己独自走掉，不管他们，他们就会回去了。突然，他打了个冷战：他怎么没有想到？这样做等于杀了他们。如果没有罗盘他们该怎么做？而没有他们的帮助，他又该怎么做？

他把头埋在手里，回想起前一天：他们聊天，分享意见，分担恐惧，互相安慰。可是现在发生了什么？肯定有什么不对劲。

他若有所思地抚摸着小火柴，小火柴在他身边团

成了一个球。突然，他发现自己手上全都是奇怪的灰色绒毛。

这时他发现自己的衣服和猎人送给他穿在衣服外面用来提供保护的铠甲上也都是这种奇怪的东西。再仔细一看，他发现接触到水的绒毛一头开始变得清晰起来。抬起头看看其他人，他感到自己的血液冰凉。他们也被这些灰色的绒毛形成的网包裹住了。

他突然跳起来，朝法维拉走去，把这堆绒毛给她看，说："你知道这是什么吗？"

法维拉的眼睛瞪大了："你在哪儿找到的？"

翁布罗若蹲下来，抚摸了一下法维拉的翅膀，把东西给她："我在身上找到的。我们身上都有，"他咬着牙指着其他人。"我、你、莱古路斯、罗比尼娅、丝碧卡和小火柴，全都有！"

"应该是生长在沼泽地里的一种藻类。我们都中招了，掉在水里的时候。"法维拉说。

翁布罗若点点头："是的，但我想知道的是，这个东西在我们身上会产生什么效果吗？"

“效果？”

“嗯，别告诉我你没察觉到。我们全都变得不像自己了。之前没有人这样过。”

法维拉的眼睛充满了痛苦：“所以你想把这归结到外部因素？哦，如果真的是，那当然好了。可是所有的生物不都是有些自私的吗，没人告诉过你吗，精灵？”

“人的性格不会突然改变的。我们一起经历了这么多困难，之前没有人有过这样的反应！”

“好吧，在我看来这堆东西说明不了什么，不过，我之前说了，我对这片沼泽了解不多。我之前从没有来过，我也不想来！”她声音越来越大。

翁布罗若坐到她身边，强迫自己不跟她争吵。

“事实是我们没人来过这里，这个荒凉的王国。”法维拉继续用挑衅的语气说。“等等，”她小声道，“女巫的头发！”

“什么？”

“可能是女巫的头发。”她点点头说，“很少见的藻类。我在斯特里娅的宫殿见过。女巫们把它们放在充满水的罐子里。当它们泡到液体里看起来就像白色的长头发。为了繁殖，它们会沾到任何移动的东西上。”

“比如我们！”翁布罗若说。

“如果真的是女巫的头发，我们就有危险了！它们有毒：当它们变干的时候，就会释放出一种粉末，如果被吸入，会改变人的心情，甚至让人疯狂。如果我们抖衣服的话，恐怕会沾得更多！”法维拉说。

“那么我们必须马上用干净的水清洗！”翁布罗若站了起来，“可我们只有一点用来喝的水，你能帮上忙吗？”

“我不懂消除这种东西的魔法。”

翁布罗若朝边上走了几步。他脑子已经开始不清楚了。他只知道如果斯特拉利乌斯和他们在一起就好了！他肯定能做点什么。

丝碧卡说得对：他只是在盲目摸索。但如果这种灰心的念头也是女巫头发的作用，现在他要努力战

胜。此时，我们需要想出一个方法来对付这种困境。

“雨？你能下雨吗？”他突然问。

法维拉看着他：“可以。这个我想我可以。”她伸长弯弯的脖子，神秘的咒语从嘴里吐出，身上似乎发出朱红色的光。

翁布罗若看了看周围。一片乌云出现在天空上，一场大雨开始落下，把他们从头淋到脚，冲掉了女巫的头发。

黑夜中，翁布罗若终于舒了一口气。

第二天早上，在绵密的毛毛雨中，少年们继续赶路。他们穿过最后一片沼泽地，终于来到了沼泽地中一处看起来略高于其他地方的土地上。他们终于再一次踩在坚实的大地上了。

现在差不多是中午了。大家之前的抱怨和苦瓜脸都消失了，只是疲倦得不想说话。翁布罗若向他们解释了女巫头发的事情。

“关于我昨天说的话，”丝碧卡说，“我想向大家道歉。”

“没事，”罗比尼娅说，“不是我们的错，是那种水藻的错，不是吗？”

翁布罗若和莱古路斯点点头，但丝碧卡却摇了摇头：“可是我对所有人说了很难听的话，如果翁布罗若没有及时发现问题，我们可能都死了。”

“罗比尼娅说得对。”翁布罗若安慰她道，“不要再想这些了。”

丝碧卡看了他一眼，挤出一个笑容：“或许现在我们可以不用再下雨了。我已经变成落汤鸡了。”

翁布罗若看了看法维拉：“我们身上的女巫头发都洗干净了，我觉得现在没有危险了。”

“是的，我也不喜欢这雨。”法维拉点点头，她轻轻一挥翅膀，让乌云散去了。

但丝碧卡的脸还是没有高兴起来。她偷偷看着翁布罗若，然后又看了看罗比尼娅，默默跟在其他人后面，手里紧握着弓，不知道为什么，当翁布罗若说话或者对罗比尼娅笑的时候，她总觉得心里不舒服。

第四章　服侍女巫的日子

直到黄昏降临，他们才停下来，在一棵长满了绿蘑菇，形状扭曲的大树下安顿了下来。

“那些绿蘑菇就是‘沼泽纽扣’，”法维拉说，“可以吃的。”精灵们把树干上的蘑菇摘下来，和丝碧卡一路上摘的野芦笋和荨麻一起在篝火上烤熟了。法维拉下的雨，还让他们把水壶也装满了。

或许事情已经开始往好的方向发展了。

罗比尼娅看着莱古路斯被火映红的脸，似乎看到他头上的星星闪烁了一下。这些星星精灵额头上的星星，真奇怪。一开始她以为是文身之类的东西，但其实不是：它们看起来像是真正的星星，和古老传说中说的一样，能够让看着它们的人心中充满喜悦。它们真美。

莱古路斯突然抬起头来看着她，对她咧嘴一笑，罗比尼娅的脸红了，连忙移开目光。

“那么，我们之后会遇到什么？”莱古路斯问。

翁布罗若回忆起吉内普罗预言书上的一段文字：“巨叶路的尽头，百足之死，被遗弃的白骨之路。”

“‘百足之死’是整个预言中我最害怕的部分。”丝碧卡说。

“或许指的是一只大蚊子。”莱古路斯开玩笑说。

“或者是女巫饲养的可怕怪物，就像森林王国里的那只大蝎子。”丝碧卡严肃地说，“哥哥，你怎么能够开这种东西的玩笑呢？”

听到这话大家都沉默了。而沉默很快被远处传来的一声声响打破。

大家都吓得打了个冷战。

罗比尼娅偷偷看了一眼其他人，发现所有的人都在想同一件事情：如果我们通过了“百足之死”，等待我们的就是食人族和龙，如何活着通过这些考验呢?

燃烧的火焰上的烟越来越浓，似乎变成了那些他们之前遇到的怪物的形状，也许预示还有很多危险在等待着他们。

“为什么不跟我们说说你的故事?”

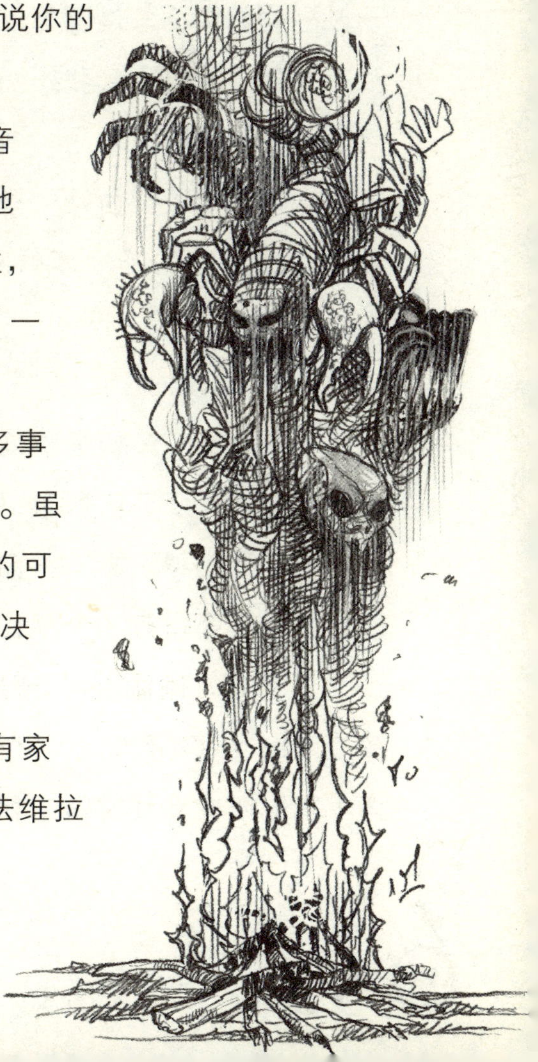

翁布罗若平静的声音把大家都带回了现实。他深邃的绿眼睛看着法维拉，法维拉被这个问题吓了一跳。

“你知道我们的很多事情，但我们对你知之甚少。虽然你知道我们只有很小的可能性可以回家，但你还是决定跟随我们。”

“好吧，其实我没有家可以回。从来没有。”法维拉说。

“这并不代表以后不会有。”莱古路斯安慰她说。

法维拉耸耸翅膀，有些尴尬：“我没有说太多关于自己的事情，只是因为没有什么可说的。我说过，我在女巫王国出生。我妈妈曾经是这里的居民。当黑暗军团占领这片土地后，她成了囚徒，被送到了黑女王的宫殿。我不记得她的模样，在生下我之后，她就死了。我出生的那一年很特别，所以我在女巫中长大，服侍她们。”

“你说‘很特别’是什么意思？”翁布罗若问。

“那一年，一颗星星坠落了，落在白鬼峰后面的大海里，引起了滔天巨浪，整个女巫王国几乎被海水淹没。”法维拉沉默了一会儿，闭上眼睛，“卡丽奥普，宫殿里最年长的女巫，也是预测黑女王命运的女巫，说这是一个征兆：预示着会诞生一位伟大的女巫。所以在这一年内，各个国家被黑暗军团抓住的俘虏生下的所有女婴都被送到了宫中，由斯特里娅本人亲自看管。我就是在黑女王的宫殿那里长大的，为的是学习魔法。只有少数人才有这样的机会。”

大家都安静地听她诉说。

“但这个本来被当成殊荣的机会后来被证实是一个灾难。最后我们只剩下四个人，她们戏称我们为四姐妹。和我一起的还有一个来自侏儒国的女孩，叫奇奥梅塔；此外有安桂拉，很高，耳朵和你们一样尖尖的，银色头发，我猜她是个精灵；还有彭图拉，是幻影国的人，她很喜欢变换自己的脸，我都不知道哪个才是真正的她。我们在同一间房间睡觉，那是在厨房后面的一个被严密看管的秘密房间。我们整天都在劳动，一刻也不停。但让我们困扰的是，她们什么也没教给我们，甚至，她们看我们的眼神让我觉得，后来我也证实了，她们害怕我们中有人会变成史上最强大的女巫。我的‘姐妹’很快就表现出了对魔法的天赋，而我则开始觉得老女巫们找到我是错的，因为我没有这种天赋。然而我很好奇魔法到底是什么，所以我开始偷偷地看卡丽奥普的书。”

“你通过这种方式学会了魔法。”翁布罗若说。

法维拉点点头说：“我们中第一个消失的是奇奥梅塔，就在她施放出第一个魔法的那天。”

“我们突然就再也没有看到她了，但我们没有觉得奇怪，我们以为她被送去当学徒了。我们几乎有些嫉妒，真蠢！”她叹了口气，“偶然有一天，我去了一个不该去的地方——存放各种魔法原料的储藏室，为了不被发现，我躲入了衣柜中，在那里我偷听到了斯特里娅和卡丽奥普的谈

话。我那时候才知道真正的斯特里娅是什么样子。在那之前可以说某种程度上我很崇拜她：漂亮、高贵，所有人都尊敬她。但那一天我明白了为什么她是女王，因为她比别人更加邪恶。那天她发现彭图拉完成了第一个魔法后非常愤怒，也非常担心。”

“她害怕你们中有人变成了真正的女巫？”莱古路斯看着法维拉问。

“没错。”法维拉说，“斯特里娅想找到星星坠落预示的那个伟大女巫，只是为了在她变得强大到会威胁自己之前杀掉。很奇怪吧？伟大的斯特里娅居然害怕我们！彭图拉被扔到深渠，也就是宫殿地下井里，喂了狼蛛。”

“太可怕了！”丝碧卡说。

法维拉没有评论，只是继续说她的故事，她的眼睛看着火焰，仿佛曾经的事情历历在目：“或许同样的事情也发生在奇奥梅塔身上，接下来可能就是安桂拉和我了。我很害怕，我明白我必须要做什么：不是强迫自己变得勇敢，我唯一的希望就是把自己表现得一无是处。我想警告安桂拉，但她太有野心了，不能明白这一点，她觉得我是在骗她。就这样有一天她也消失了，我再没有见过她。”

“所以你决定逃跑？”翁布罗若问。

法维拉点点头：“卡丽奥普监视着我，但并不严密，因为觉得我成不了气候，因此我可以自由活动。斯特里娅似乎也忘了我的存在。是时候逃跑了，我知道我不可能活着离开女巫王国，因为进入这里的每一个奴隶都被施了魔法。但在一些古书里我发现还有一个方法可以在人穿过边界的时候不死掉：那就是曼德拉草的根。我耐心地搜集到了足够的曼德拉草，希望至少能救我一命。为了逃跑我选择了一个没有月亮的夜晚，因为那样的夜晚她们会非常忙碌。我假装待在自己的房间里，吃掉了曼德拉草的根，偷偷溜了出去。黑女王的士兵紧紧追着我，但我还是成功穿过了魔镜，来到了这里。”

“来到了你父母的王国。”罗比尼娅说。

“不完全是，现在已经是食人怪的王国了。穿过魔镜后，我正打算继续逃，却发现把我囚禁在女巫王国的魔法没有杀死我而是改变了我的外形。我成了一只鹅。”

“那曼德拉草的根呢？我没明白。”罗比尼娅说。

“或许还没有成熟。或许太少了。我相信某种程度上是它们救了我一命，虽然没有保留住我原来的样子。”

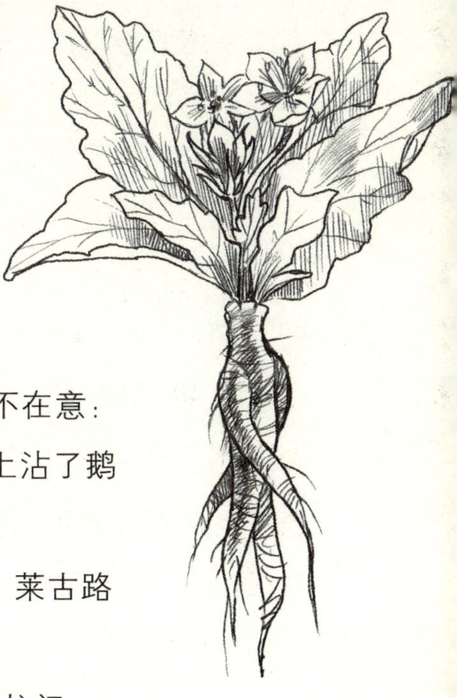

“我的星星啊！为什么偏偏是只鹅？”莱古路斯问，挠了下鼻子。

法维拉耸耸翅膀，好像并不在意：“我之前在厨房工作，或许身上沾了鹅毛，谁知道呢。”

“所以这个指的就是你！”莱古路斯沉默了一下突然说。

“我？什么是这个？”法维拉问。

“最强大的女巫。”莱古路斯回答。

“不，恐怕你错了。”法维拉笑着说，“我不会成为女巫的。”她用平静而低沉的声音说：“我发过誓，只要有机会，我就会打败她们，打败那些女巫。再说我也没有什么伟大的魔力。我不会成为女巫。”她重复着，更像是对她自己说。

翁布罗若微笑了一下，额头上的星星发出了一道清澈的光芒。

第五章　风中

第二天早上，大伙儿醒来的时候正下着大雨，天空灰蒙蒙的，雾虽然少了些，但潮湿的空气让人难以忍受。

在翁布罗若的带领下大家很快出发了，翁布罗若用他的剑试探着湿软的土地。

丝碧卡想起了前一天晚上的事情。她想象着法维拉的生活，以及生活在黑女王的城堡是多么可怕，她想到了白骨之路和百足之死，想到了翁布罗若和她自己，想到她之前如何被愤怒蒙蔽了双眼。在她心里，她知道自己有一点嫉妒罗比尼娅：她是位公主，漂亮、性格刚强、慷慨大方。她一边想着这些，一边看着流动的雾，突然感觉看到了什么东西。她停下来，但什么都没看见。

“怎么了？”法维拉问。

“没事，我以为自己看到了什么东西。”

“可能是一只蓝背蛙。”莱古路斯说。

“不管怎么说，我们要小心点。”翁布罗若说。他又看了一下罗盘方向，还是没变，指向北方。

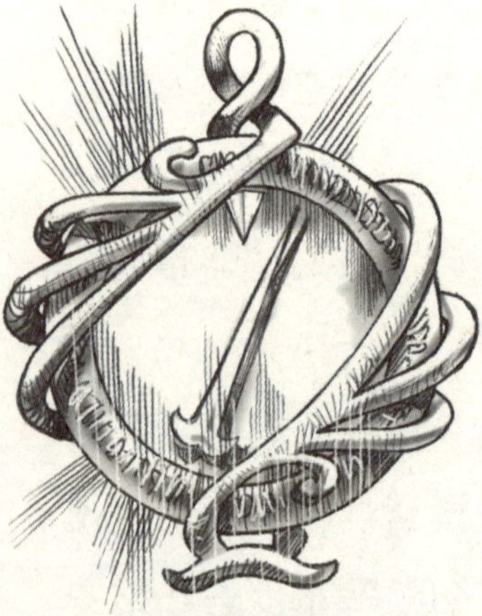

他用“毒药”试探了一下前面的淤泥，淤泥里经常有可怕的流沙，随后他找到了一段坚实的土地。于是他小心地往前走去，淤泥漫到了小腿的一半，其他人紧跟着他。

丝碧卡走在队伍最后，她不放心地看了一眼身后，打了个寒战。虽然不确定，但她总感觉有什么东西在看着她。她本能地握紧了弓，继续往前走，在令人焦虑的安静中，随时准备射击。

他们走了一整天，终于能够停下来的时候太阳已经要落山了。天空忽然暗了下来，好像有人突然拉下了幕布。这时吹来一小阵寒风，但不足以把浓雾驱散，雾气只是动了动，好像有人在一口冒烟的大锅里面搅拌了一下。

少年们爬上了淤泥中间的一块大石头，升起一堆火，但他们的心情还是很沉重。走了这么久，沼泽似乎没有尽头。

特别是丝碧卡，她紧张得像她弓上的弦一样。

翁布罗若发现了，于是准备等其他人都睡下的时候跟她说说话。他坐到她身边，把她吓了一跳。

“你还好吗？”他问。

丝碧卡点点头，一缕金发垂到她的额前：“只是很奇怪，我总感觉有人或什么东西在看我们。”

“或许真的有。”翁布罗若说，皱起了眉头，“我们不知道沼泽里究竟有什么，浓雾使问题更棘手。”

丝碧卡低下了头：“在这样灰蒙蒙的大雾里，我觉得自己变成了聋子和瞎子。”

“我们一直跟着罗盘的指示走，这肯定是最好的路。”翁布罗若说，想给她些勇气。

丝碧卡一言不发，手紧紧握住弓。

“不仅仅是这个，是吗？”翁布罗若问。

丝碧卡盯着他的眼睛看了一会儿，很快又移开了视线：“其实，你知道……”

她还没来得及说完，忽然发现正在熟睡的法维拉身后闪过一个黑影。她站起来，手里的箭已经上了弦，但还没来得及采取行动，那个影子就消失不见了。

“你也看到了吗？”她问。

翁布罗若点点头，没错，他也看到了。

接下来没有什么事情发生，丝碧卡决定去睡觉。“我很累了。”她抱歉地说。

翁布罗若对她笑了笑，重新坐下来，看着眼前的黑暗。

几个小时之后，莱古路斯来换他的班。翁布罗若躺下休息，刚合上眼，就被一阵微弱的沙沙声惊醒，某一刻那声音变得特别大声。他坐起来，揉了揉眼睛，但那神秘的沙沙声突然消失了，就像它突然出现那样。

“咦，你做噩梦了吗？”莱古路斯问。

翁布罗若没有回答，用手擦干了满是汗水的额头。“你什么都没听到吗？”他问。

莱古路斯摇摇头。翁布罗若叹了口气重新躺下，看着黑漆漆的天空。

真是个奇怪的梦，他想，这时候倦意再一次袭来。

第二天早上，大家只吃了一点点东西就又上路了。少年们肚子“咕咕”作响，心情沮丧到极点。翁布罗若也是，虽然他从来没有怀疑过罗盘的正确性，但也开始害怕他们永远走不出沼泽地。

幸运的是，过了一会儿，地面上出现了一些灌木丛，绿色的灌木叶子让大家的心情又好了起来。但脚下的泥土仍然又湿又软，总是在前面开路的翁布罗若有几次差点掉到突然出现的水塘里。

前方的淤泥中冒出了一些不规则的石头，好像台阶一样。

翁布罗若停了下来。一阵风吹来，他闻到了草的气味。当风再一次吹来的时候，他又一次听到了前一晚出现的沙沙声：声音里面似乎混杂着呼喊声和窃窃私语声，这让他大吃一惊，以至于失去了平衡；幸运的是，莱古路斯及时伸出手抓住了他的胳膊，他这才没有掉下去。

“你需要休息！”莱古路斯说。

已经近在眼前的灌木林让莱古路斯的心放松了下来，这意味着沼泽地已经快到尽头了。

“我们快到了！”他说。女孩们加快脚步追上了他们，但翁布罗若示意她们停下来，不要作声：“等等，你们没听到什么声音吗？”

“什么声音？”罗比尼娅皱起眉头说。

“那个‘沙沙沙’的声音。”法维拉说，她不知道该怎么描述。翁布罗若点点头。

“你们听！”法维拉半张开翅膀往前跳了一步。声音又出现在她耳边了，渐渐变得像浪涛声一样，里面的词句清晰可辨。

翁布罗若也听到了，抱怨声，怒吼声，以及死亡的歌曲。

“食人怪！”法维拉说，“他们在唱战争的歌曲！他们来了，我们必须躲起来！”

但声音突然变小了，接着消失了。

翁布罗若重新冷静了下来。“不，”他说，尽管脑海中还回荡着那些奇怪的声音，“他们没有靠近，因为‘毒药’没有颤动。我们周围没有危险，至少现在还没有。”

这时候，同伴们脸上的表情告诉他，他们什么也没有听到，也不知道他和法维拉说的歌曲是什么。

第六章　不祥之兆

傍晚时分，他们终于来到了一片干燥的土地上，当晚翁布罗若和法维拉也没有再听到被风带来的神秘声音。他们已经到了沼泽地的尽头，听到的声音只有从远处传来的蓝背蛙的叫声、龙的低吼和食人怪恐怖的号角声。

少年们终于都睡着了。

当丝碧卡把他唤醒的时候，翁布罗若已经被连续不断的噩梦折磨了一个晚上。清晨的第一缕阳光已经洒向大地。

丝碧卡小心翼翼地把手指放在嘴上做了个噤声的手势。翁布罗若用蒙眬的睡眼打量了一下灰蒙蒙的周围，轻声问道："什么事？"

丝碧卡压低了声音说："还是那些影子，我看到了两个，在雾里。”她用弓指了指一个方向。

翁布罗若感到她的声音因为害怕而颤抖。

“会是什么东西？”他一边问，一边望向其他人，他们都睡得很熟：小火柴蜷缩成一团，靠在罗比尼娅旁边；法维拉把长长的脖子放到背上，平静地呼吸着；莱古路斯嘴里嘀咕着什么梦话，伸了伸胳膊。

“我觉得是血蝠，女巫的间谍，红色的蝙蝠。”丝碧卡说。

翁布罗若朝雾里看去，突然发现了两只红色的眼睛。

接着两只眼睛忽然变成了四只，发出红色光，像燃尽的木炭上的火星。

四只眼睛和血蝠的一样！

翁布罗若心中一紧，伸出手摸了摸“毒药”，“毒药”轻轻地颤动着。

丝碧卡也看到了。“不知道它们为什么还没有袭击我们。”她低声说，手已经握住了弓。

“或许在监视我们。”

丝碧卡点点头：“我们该怎么做？”

翁布罗若把手放在“毒药”上，慢慢地站了起来：“有两只倒挂在那棵枯树的树枝上，你看到了吗？”

丝碧卡也站了起来，用眼角的余光看了看周围：“你身后至少还有一只。”

“只要我们袭击任何一只，其他的都会来攻击我们，或者飞走，去汇报我们的行踪。”

“或许它们的数量不足以攻击我们。”丝碧卡说。

“毒药”微微颤动着：“你能够在它们起飞前至少解决一只吗？”

丝碧卡看着它们：“或许可以解决两只，前提是，第二只速度不是太快的话。但第三只在我背后，我解决其他两只的时候可能它就会飞走。”

“那个我来。”翁布罗若说，“但我必须先走近点才能用剑。”

丝碧卡从箭筒中又拿出了一支箭。

翁布罗若背对着那只血蝠慢慢退了过去，突然说道：“动手！”

丝碧卡立即拉紧了弦，弦动了，第一支箭刚飞出去，第二支紧接着也射入了雾中。与此同时丝碧卡听到背后传来了一声可怕的血蝠的尖叫声。她转过身，看到“毒药”的绿光在黎明的微光下闪过。

“毒药”将血蝠劈成了两半，但又有一只血蝠从树上钻了出来朝他们冲来。

丝碧卡连忙朝它射出一箭。她很害怕，不知道周围还藏了多少只血蝠，但灌木丛中再没有别的动静。

很快一切都安静下来。

其他人还在熟睡，没有察觉到什么。翁布罗若和丝碧卡对视了一眼。

“你还好吗？”翁布罗若问。

她默默点点头，然后抬头望向天空，感谢那些正在渐渐消失的星星们的保佑。

“什么？！”罗比尼娅惊恐地喊道，丝碧卡告诉了他们关于血蝠的事情。

离开了沼泽地浓浓的水汽，空气变得清新，天空也变得清澈明净了。

“或许它们是看守沼泽地的。”法维拉打了个寒战说。

“或许，不过现在不会了。”翁布罗若说。

“这样更好。”罗比尼娅鼓起了勇气。

又开始赶路了。他们吃力地行走在灌木林中，干枯多节的灌木刮擦着手和胳膊，地面越来越干燥。只有小火柴觉得很惬意，在灌木丛中灵活地穿来穿去，好奇地闻这闻那，似乎这个荒芜的地方充满乐趣，并没有什么危险存在。

晚上的篝火点燃了，这氛围让大家觉得自己似乎身处在一个远离了危险的地方。少年们嬉笑打闹，连法维拉也不得不承认自己的心情放松了许多。过了这么久，他们终于活着走出了沼泽地。

翁布罗若决定由他来值第一轮班，其他人先去睡觉。他们都累坏了，倒头便睡着了。翁布罗若也很困，快要睡着的时候，他听到脑子里好像有人在责备他。于是他强打起精神，用木棍拨着火，希望通过活动让自己保持清醒。可是篝火的烟罩住了他，让他有点头晕。奇怪，他好像又听到了一个声音，他猛地站起来，双手握着“毒药”。

是风。风抚摸着树叶，就像一只温柔的大手。灌木林沙沙响着仿佛在说话。

就在这个时候，

翁布罗若听到了另一个声音，和他之前在风中听到的声音一样。

他立刻灭掉了火。火光消失了，同时火焰带来的慰藉也消失了。

发出这个声音的人可能随时跳出来袭击他们，并杀死他们。

声音又响起了，被风吹来，在黑夜里连续不断地唱着。翁布罗若没有听清所有的单词，但很清楚地听到了下面这些：

杀掉他们，切成四块
把这些可怜虫拧转再劈开
既不是死人，又不是活人
都是些可怜又不幸的人

如果这真的是食人怪的歌，那他们应该在附近。翁布罗若看了一眼还在熟睡的同伴，最好不要叫醒他们，他想。

第七章　白骨之路

接下来的几天，大家都在小心翼翼地赶路。他们找到了可以食用的浆果，还有鹌鹑蛋，尽可能地把行囊装满。

虽然翁布罗若忧心忡忡，但旅途一路都很平静。他们差不多已经习惯了龙的恐怖嚎叫，还有东方升起的黑色烟柱：好像谁用指甲抓伤了天空一样。翁布罗若和法维拉都没有再听到困扰他们的沙沙声和歌声了。这样，他们的心情好了起来，甚至连吉内普罗预言中的危险都变得遥远而不真实。

快到傍晚的时候，疲惫的少年们停下来，在路边的大石头上坐着休息。

翁布罗若利用这个时间往前去探路。他只去了很短时间，但回来的时候脸色阴沉了下来。

没有人注意到，除了丝碧卡，她发现翁布罗若额头上的星星黯淡无光，这意味着他很担心。

但她还没来得及问，翁布罗若就开口了："我找到了白骨之路。"

听到他的话大家都紧张起来。

"在哪儿？"法维拉问。

"罗盘往哪儿指的？我们必须从那里走吗？"莱古路斯问。

翁布罗若看着莱古路斯的眼睛。

"是的。"他叹了口气，"我刚看到的时候误以为那是树枝，浅黄色的碎块半埋在土里，但很快我意识到那是骨头。接着我仔细看了看又发现了别的东西。"

"别的东西？"法维拉问，眼里满是不安。

翁布罗若点点头："盔甲的残片和折断的箭，一个生锈开裂的盾，一把断了尖的匕首。或许山圭苏伽的军队来过这里。"

"太可怕了。"罗比尼娅说。

“被遗弃的白骨之路和吉内普罗预言中说的一模一样。”丝碧卡说，好像在自言自语。

翁布罗若点点头：“它们形成了一条路。”

“你准备走这条路吗？”丝碧卡问。

“是的。罗盘指的是那个方向。”

莱古路斯看出了罗比尼娅、法维拉和丝碧卡脸上的恐惧：走那条路意味着会经历百足之死。

“好吧，如果我们必须走那条路，我们最好快点走完它。那条路通向哪个方向？”莱古路斯问。

“路在灌木丛中消失了，朝树林方向。”翁布罗若指向东北方。

丝碧卡从行囊中取出留给当天的食物。“好吧，方向看来是带我们去魔镜的正确方向。那就这么决定了：我们就走白骨之路。不过现在最好先吃点东西，然后我们好好睡一觉。明天早上我们就面对我们该面对的吧。”她说罢，眼神非常决绝。

“你终于有点常识了！”莱古路斯笑着表示赞成，“我们今天有什么可以填饱肚子的？”

“羊肚菌、浆果，还有些沼泽地的芦笋。”

“好吧，虽然我吃过更好的，但总比没有强！”莱古路斯说着开心地笑起来，他的笑也感染了其他人。

第二天早上一行人继续赶路，他们很快就来到了白骨之路。

看到眼前恐怖的景象，丝碧卡脸色煞白。“你们觉得，什么东西能让食人怪变成这样？”她问。

法维拉耸耸翅膀：“谁知道呢？”

这个白天漫长又累人。一路上不乏“惊喜”，白骨的数量越来越多，最后他们避无可避，只能踩着白骨前进，每一步脚下都发出悲惨的吱嘎声。

下午过了一半，路开始往上走，灌木丛变成了树林，但看看周围，罗比尼娅没有发现一只鸟、松鼠或是其他动物。尽管树林的绿色让她想到了家乡，但奇怪的宁静和死气沉沉的气氛，让她起了一身鸡皮疙瘩。不过她什么都没说。

傍晚黑夜降临后，他们发现白骨上有奇怪的亮光。翁布罗若蹲下去仔细查看，发现骨头上有一层发亮的物质。

“是霜吗？”莱古路斯问。

法维拉摇摇头，翁布罗若也摇摇头。“不，看起来不像，但我也不知道这是什么。”

他们继续呈一路纵队往前走。大家都开始感觉累了，但并没有停下。在天完全黑下来之前他们到了一个小山丘的山顶：山的另一边是一个小小的山谷，里面的树是灰色的，都枯了，地面上零星散落着一些破碎的白骨。没有生命的树枝上挂着闪闪发光的水晶般的东西，好像冰挂一样。

最后一缕太阳光也消失了，那些水晶发出了蓝色的光芒。

“冰滴。”翁布罗若喃喃自语道。他被眼前的景象吸引了，同时又感到了深深的恐惧。

丝碧卡看着那些树，它们看起来就像是灰色的幽灵，她打了个寒战。

大家开始后悔没有早点停下来。

第八章　百足之死

翁布罗若发现同伴们都和他一样屏住了呼吸。眼前的景色如此神秘，如此令人不安，却对所有人都产生了一种奇异的吸引力。

身后传来一阵沙沙响声，翁布罗若转过身。蜷缩在一棵树上的小火柴跳到了他肩膀上，在空气中嗅来嗅去。

“好，这就是吉内普罗预言中所说的‘冰滴’了，毫无疑问。”法维拉伸长了脖子想看得清楚点，山谷中繁星般的光芒在她眼中闪烁。

“可惜预言没有告诉我们那究竟是什么，需不需要保持距离……”罗比尼娅说。那些树反射着月亮的光芒，给她的脸上涂上了一层奇怪的色彩。

“根据那山谷里白骨的数量，我觉得最好保持警惕。”翁布罗若说。接着他又说：“‘毒药’没有颤动，所以我们应该是安全的……至少现在是。”

这时候平静的夜空中，响起了龙的怒吼声，焦躁而悲伤，接着是一声奇怪的嚎叫，或许是其他的龙。

“‘百足之死’会不会是一条龙？”丝碧卡问。

大家都沉默了，那刺耳而痛苦的怒吼再次响过。

“今天我们就在这里休息，明天再进谷。”翁布罗若做出了决定，“我们必须休息，吃点东西，等黑夜过去。现在赶路是不可能的，天这么黑，我们连路都看不到。”

于是，他们小心翼翼地往下走了几步，在发光的树之间停了下来。

丝碧卡跟在翁布罗若后面，安慰道：“‘毒药’没有颤动，一切都很正常。”

小火柴从他背上跳了下来，跑在大家的前面，好奇地东闻闻西闻闻。

丝碧卡想挤出一个笑容。

事实上，虽然她拼命表现出平静，但翁布罗若自己也感觉到了一种不安。

晚上他们又吃了些索然无味的烤羊肚菌和上一顿吃剩下的沼泽芦笋，以及一些嫩叶和下午在白骨之路两边找到的白色的植物幼根，味道很苦。吃完饭翁布罗若让丝碧卡讲个故事，想让她从不安的思绪中走出来。丝碧卡看着树上在黑夜中变得更加明亮的水晶，叹了口气：“你们想听什么？”

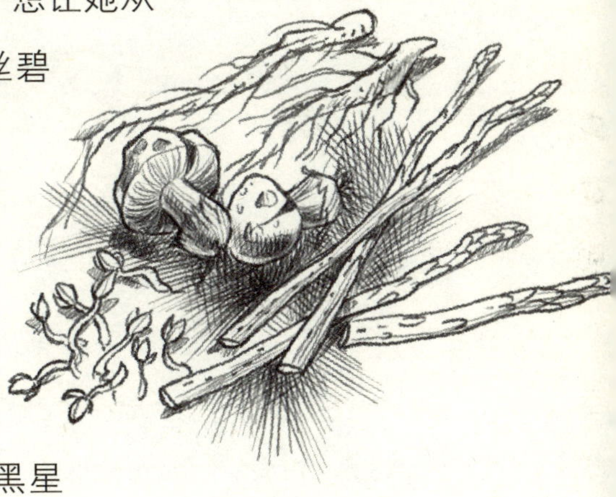

大家简单地讨论了一下，最后选择听“黑星王子和白星公主的传说”，这个故事讲述了星星王国建立的过程和一段命运多舛的爱情。

罗比尼娅非常喜欢这个故事，但最震惊的还是法维拉，她一直专注地看着丝碧卡，心跳到了嗓子眼，眼睛瞪得大大的，难以相信一个简单的故事可以引起她心中如此多的共鸣。

莱古路斯决定第一个守夜，翁布罗若也睡了。

莱古路斯入迷地凝视着那些冰晶，它们太漂亮了，闪闪发亮，充满着变化，而时间在宁静的夜里慢慢地流逝。

翁布罗若慢慢地睁开眼睛。这一觉睡得很沉。冰晶的蓝色光芒让周围的一切都反射出天蓝色的光。

气温很低，他颤抖着裹紧了斗篷。想到其他人也一样的冷，他完全清醒了过来，想把斗篷给丝碧卡，或者罗比尼娅，她们都很怕冷。但站起来后，他却不感到冷了。

他伸了个懒腰。挂满冰晶的树枝在他头顶发光。

翁布罗若眨了眨眼睛，呼吸着冰冷的空气，想把困意赶走。

就在这时候，他意识到有什么东西不对劲……

他听到一种奇怪的噼啪声，接着是滴滴答答的声音。他用眼角的余光瞥到了一个移动的黑影。那个影子移动得非常快，但他还是看到了。

这时候他才想起，整晚他都是紧紧抱着“毒药”睡的，就是为了万一发生危险，“毒药”能够提醒他。他忽然惊恐地意识到他醒来的原因不是因为寒冷打战，而是因为“毒药”在颤抖。

有危险！

翁布罗若努力让自己冷静下来，慢慢把头转向刚刚感觉到黑影的那个方向。不知道危险在哪里，尤其是不知道对方是什么的情况下，光凭本能反应是没有用的。如果贸然喊出来，他的同伴可能会被杀掉……他看了看其他人都安然无恙，还在沉睡。小火柴满足地打着呼噜；罗比尼娅和丝碧卡相互挨着，睡得很平静。

翁布罗若略松了口气，试图平复自己的呼吸，他慢慢地握紧“毒药”，用眼睛找莱古路斯：莱古路斯还在那里，坐在几个小时前坐的地方，但头朝上仰着，眼睛已经失神。他似乎什么都没察觉到，甚至都没有觉察到时间的流逝。

翁布罗若又听到了吱吱嘎嘎的声音，树周围的白骨下面似乎有什么东西在动。

他看见了。

蜈蚣。一条恶心的蜈蚣，比人的胳膊还要粗很多，披着黄色的甲壳，爬到了莱古路斯的斗篷边。蜈蚣抬起扁扁的头，用长长的触角在莱古路斯身上探来探去，好像在……品尝一样。

那些树后又传来窸窸窣窣的声音，翁布罗若头脑一阵发晕。百足之死……这就是吉内普罗预言的意思！他想不出更好的名字来描述那些可怕的怪物，它们无数的脚正滴滴答答地在地上到处爬。

翁布罗若吞了吞口水，拼命思考现在该怎么办，但看到莱古路斯斗篷边的那条蜈蚣开始飞快地轻轻顺着他的胳膊往上爬时，他知道不能再等了。

他咬紧了牙，低吼一声，飞快地抽出“毒药”，挥舞着砍了下去。他的速度如此之快，以至那蜈蚣根本来不及回过头来，头就掉了下来，滚到地上，喷出一股灰色的泡沫，弄脏了莱古路斯的斗篷。

“噫！”莱古路斯突然恢复了意识，好像这时才醒过来。

“我们被蜈蚣包围了！”翁布罗若说，这时树后探出了许多其他蜈蚣的头。

莱古路斯这才惊恐地意识到刚刚爬到自己胳膊上的是什么东西，他抓起十字弓，跳了起来。

女生们这时也被惊醒了。罗比尼娅尖叫一声，想把靴子上的一条蜈蚣甩开，丝碧卡用手肘击中了一条正要袭击小火柴的蜈蚣，小火柴连忙藏到她的斗篷下。

翁布罗若喊道：“火！把火点起来！”

“离开那里！”莱古路斯朝罗比尼娅和法维拉大喊。

就在她们头顶，一条蜈蚣正从一棵挂满冰晶的树上垂下来。法维拉尖叫起来，翁布罗若怒吼一声向前一跳，手持“毒药”朝那怪物挥去，蜈蚣被砍成了两半。罗比尼娅及时跳开才没被落下来的蜈蚣砸中，但树上的冰晶犹如碎玻璃一般落了下来，淋了她一身。

“火！”翁布罗若喊，“或许火能赶走它们！”

法维拉张开翅膀，用魔法弹开了两条正在靠近的蜈蚣，蜈蚣飞了出去，摔到地上，已经半死不活了。

丝碧卡朝火堆跑去，想点火，但她的手颤抖得太厉害了。幸亏小火柴及时帮忙，喷出一团绿色的火球，点燃了那堆熄灭的小树枝。火包裹着树枝燃烧了起来，红色的火光照亮了四周。

冰晶的光变成了深红色，只听到一阵可怕的怪叫

声，那些恐怖的蜈蚣停下了，犹豫不决，疯狂地摆动着触角。

借着火光，少年们惊恐地发现，山谷里面到处都是无边无际、挤挤攘攘的扁平尸体、扭动的脚和触角。

丝碧卡再也控制不住，尖叫了起来。

第九章　絮语之树

翁布罗若将一条蜈蚣一切为二，额头上的星星发出刺眼的光芒，莱古路斯挥舞着燃烧的树枝，嘴里大喊着："滚开，怪物们，滚开！"

那些蜈蚣好像听懂了莱古路斯的话，纷纷调转黄色的身子，无声无息地消失了，就像来时一样。大家对刚刚的危险心有余悸，待在原地很久都没敢动。

"我们王国的树林里也有蜈蚣，但这里的蜈蚣实在太大了！"罗比尼娅打破了沉默。

"太险了！"法维拉舒了口气，瞟了一眼翁布罗若额头上明亮的星星。

莱古路斯手里还握着一根燃烧的树枝，他转过身气喘吁吁地看着翁布罗若说："这就是'百足之死'的含义。我……我居然没有发现，尽管我在守夜。"

他自言自语地说着，心情很低落。然后他看着翁布罗若又说：“如果你没有醒过来的话……”

“不是你的错，是那些冰晶的原因。”翁布罗若回答，“我醒来的时候看到你正盯着它们看，看起来你好像被催眠了。我们要尽量少看那些冰晶。”

“能够把人催眠的冰晶？”莱古路斯嘟哝着。

“我们多多少少再睡一会儿吧。”翁布罗若露出微笑，说，“至少还有两个小时太阳才出来，现在我们最好休息一下，明天才有精力赶路。”

莱古路斯点点头，沮丧地坐了下来，脑袋靠着树干。现在，要真能睡得着就好了。

少年们情不自禁地看了看挂着发光的冰晶的树枝，很快又移开了目光。

翁布罗若收集了一些碎掉的冰晶，放到行囊里。法维拉问他为什么这么做，他耸了耸肩，答道：“可能会有用吧。”

事实上他也不知道为什么，只是出于一种本能。

“好主意，这东西能照明。”罗比尼娅点点头说。

丝碧卡走了过来。“好像是那些蜈蚣身上的泡沫产生了这些冰晶。”她说着提起自己斗篷的一角给大家看，上面沾着那些灰色的液体，“这里应该死了很多食人怪。”

“没错。”翁布罗若说，看了看周围遍布的白骨。

“我们很幸运。”法维拉说。

翁布罗若叹了口气：“先别高兴得太早，我们还没有离开这里。”说罢摸了摸“毒药”的剑柄。

“毒药”还在颤动，不过很微弱。

太阳从绿色的山丘后面探出了头，阳光撒在山谷之中，少年们又启程了。没有人想在这个地方多待一秒。一路上，每个人至少都回头看了一次，感觉有人在看着他们。白骨之路的尽头，顺着罗盘指示的方向，道路开始往上走，植被很快变绿了，树也多了起来。

阳光透过树叶，照进了林子。一开始路上还零星散布着一些白骨，可见那些可怕的蜈蚣曾经追着猎物一直来到了这里。接着，慢慢地，白骨消失了，那种被监视的感觉也没有了。“毒药”突然停止了颤动，大家开始听到森林的声音，枝叶的沙沙声，鸟儿的啼叫声。

已经是春天了，这里并不像沼泽地附近那般湿热，而是干燥灼热。

他们来到一处高地，往东可以看到濒临着风暴海的一片绿色高原，海浪拍打在悬崖上。在这美丽壮观的地方，黑暗军团建造了他们的港口，黑色的大船在这里装满供给品和食人怪驶向茫茫大海，去征服陌生的岛屿。也是在这些港口，黑色的大船装着封得严严实实的箱子从被征服的遥远的王国回来，箱子里装的是龙蛋。这些都是法维拉在这个国家短暂停留的时候了解到的。

法维拉也向大家讲述了他们在龙身上做的实验。他们不仅仅是饲养这些龙，而且想为黑女王的军队培养出不一样的龙：强大、恐怖、体形巨大，还要听话。

“听话？”莱古路斯笑了起来，“大家都知道龙是自由不羁的动物！”

小火柴抬起头喷了喷鼻子，表示赞同。

法维拉继续说：“不过，玫瑰骑士曾经把龙当作坐骑，我猜黑女王也想这样。”

丝碧卡摇摇头，笑了：“她做不到。那些龙是非常特别的动物，它们和骑士之间是一种相互尊重的兄弟关系，女巫不可能得到同样的信任。”

“但她们擅长折磨和威胁。相信我，那些手段是很有用的。”法维拉说。

“你到这里的时候见过龙吗？”罗比尼娅问。

“龙？当然了。我被抓住后，他们把我带到食人怪的营地，一路上，我们经过了一片训练龙的地方，那景象太惨烈了。”

“他们做的是什么试验？”翁布罗若好奇地问。

“他们让不同品种的龙杂交，以此得到有特殊能力的龙，例如，和红龙一样有着长长的脖子，却能和黑龙一样喷出有毒的气，长着更大的翅膀。一整窝幼龙被训练成强大、残酷、只听从于主人的坐骑。”

法维拉说完，大家都一言不发，默默走着路。

每次说起那些龙，法维拉的心就会刺痛，和它们一样，她也知道被囚禁的滋味，以及孤独的滋味。她记得在女巫王国那些长长的黑夜里，她是如何思念着她素未谋面的家人。不过现在，有生之来第一次她不再觉得孤单了，因为这些精灵理解她。不知不觉她的眼睛里已经盈满了泪水，为了不让别人看到，她把头别到了一边。压抑了太久的情感涌上了她的心头，她开始思念在奴役中死去的妈妈。

这不公平！她对自己说。在这一刻她做出了一个一生中最果断的决定，只要还剩最后一口气，最后一丝力量，她也要和女巫们战斗到底。她要为她自己和那些被囚禁的人而战。

大家停下来吃了些东西，短暂地休息了一下，接着继续赶路。他们又采集到了一些蘑菇、浆果、树根，心情比前一天晚上轻松多了，便开始憧憬起今天晚上的小憩。翁布罗若也感觉好了很多，其他人还在开心地讨论着怎么烹饪这些仿佛是大餐的食材时，他心中突然一惊。

沙沙沙……他竖起了耳朵，第二次传来沙沙声。但这次不仅仅是沙沙的声音，还有说话的声音，好像有人在耳边低语。他停了下来。法维拉仿佛和他心有灵犀，离开正在讨论晚餐的其他人来到了他身边。

“你也听到了？”她问。

翁布罗若点点头。那声音消失了。翁布罗若高度警惕，继续往前走，眼睛在明暗相间的树林中扫来扫去。他没有告诉其他人，以免他们担心，而且他也不知道应该怎么说。

太阳快落山的时候，树林里出现了一片白色的树，树干细细长长的，上面有一道道深色的条纹，看起来像是奇怪的画。浅绿色的叶子长得高高的，隐约可见正在渐渐变暗的天空。

翁布罗若停了下来："白桦树！"

"我们在这里扎营吗？我喜欢白桦树！"丝碧卡喊道，开心地笑着朝翁布罗若走去。

翁布罗若点点头，于是丝碧卡选了个看起来最好的地方，等其他人生起篝火。

法维拉坐不住了，尽管很累，但她还是不停地打量着周围，最后她一摇一摆地来到翁布罗若面前。"或许我们听到的声音只是幻觉？"她小声说。

翁布罗若摇摇头："两个人会同时产生幻觉吗？"

"那也说不定，'毒药'没有动，不是吗？"法维拉说。

翁布罗若觉得她说的有道理，这时小火柴朝着罗比尼娅和莱古路斯收集的树枝喷出了一小团火。

就在此时那声音再次出现了。

就那么一瞬间。

他耳旁的声音尖叫起来，接着出现很多其他的声音，声音越来越大，越来越嘈杂，好像一大群人在痛苦地叫喊。

声音大到他不得不堵住耳朵，他呻吟了一声，扑倒在地，失去了意识。

法维拉大喊道："把火灭掉！快！快！"

接着她也倒下了。

白桦树的枝条“沙沙”响着，接着贪婪地动了起来。

声音在翁布罗若和法维拉的脑海中响起：

拔起来，肢解掉，闷死他，再劈开
生火的家伙，树林最讨厌
咬一口，撕成片儿，剁成四块，啃一口
带刀的家伙，树林要他喘不上气儿

永冬堡

第十章 猎人和巫师

在距离食人怪王国的悬崖和翁布罗若一行人千万里之外，矮人王国边界的雪山上燃起了一堆小小的篝火。

呼啸的寒风吹打着岩壁，一轮满月挂在荒凉的大雪山上，那里即使是矮人也有几个世纪没有人上去了。

在这些被冰雪覆盖的山峰之间的某处，住着奈维纳——雪峰的仙女。巫师和猎人此行来到这里正是为了寻找她。他们骑着两只巨大的，应该说是和他们的身型相比之下显得巨大的雪貂。因为在进入矮人王国的时候，受弗洛莉迪娅娜为保护这片土地设下的魔法的影响，他们变小了。

莫儿，斯特拉利乌斯的雪貂，和猎人的雪貂一起卧在雪地上，耳朵高高竖起。月亮的冷光照耀在结了冰的岩壁上，和温暖的火光混合在一起，巫师和猎人沉默着坐在火前。

到现在为止他们之间交谈甚少，两人各自沉浸在自己的思绪里。忽然，巫师把火拨旺，用低沉的声音打破了沉默。

“你认识奈维娜？”

猎人点点头。

“我在仙女女王的宫廷中从没有见过她，你是怎么遇见她的？”巫师问。

猎人紧闭着嘴唇，接着叹了口气，说：“在很久以前，她帮过我。我遇到她也是一个偶然。”他黑色的眼睛里跳动着火光。

“她救了我的命。我第一次看到她时，是在这雪山中，我当时以为自己产生了幻觉，以为那是冰的影子。”他叹了口气。

“我以为自己已经死了。但如果你想知道整个故事，我还是按顺序来讲吧。骑士岛被袭击的时候我在外地。我和我的师父弗尔特布拉齐奥在北海群岛有任务，那时弗尔特布拉齐奥刚任命我为骑士，而我们发现骑士岛可能遭遇了重大变故，因为我们的指挥官一直没有回复我们发出的信函。于是我们在茫茫大海上飞了很多天，折回到骑士岛。当我们远远看到骑士岛的时候，一切已经太晚了。”他停顿了一下，接着说，“那个许多世纪以来训练骑士和龙的岛已经死了。我最后一次看到的它还是鲜活的，到处是人声和色彩，但那时出现在我眼前的景象我永远也无法忘记！”

火“噼啪”响了一下，猎人低下了头。

“是女巫干的吗？”斯特拉利乌斯问。

猎人点点头：“那些凶残的怪物摧毁并焚烧了蓝海湾，使蓝色的海面上停泊的船只就像一具具黑色的骷髅。牧羊人的木屋什么也没留下。只有骑士镇上，岩石上凿刻出来的房子还存在，看起来完好无损，但里面冒出来令人不安的烟。我们从骑士岛上空飞过的时候感觉还有幸存者，街道上我认出了老鞋匠塞斯托、活泼的绲达丽娜，她手里还抱着装面包的篮子，还有一些骑士和学徒，有那么一刻我们希望他们还活

着，但那只是我们的希望。”

猎人的声音被悲伤打断，过了一会儿他才继续说：“当我们靠近的时候才发现在高处看到的人都是灰色的，一动不动，他们被变成了冰冷的石头！这些曾经和我们一起唱歌、聊天、欢笑的人现在都已经死了。这一切都是在他们和平时一样忙碌着的时候发生的，好像一只大手突然中止了这一切。”

“瞬间的魔法不像女巫平时的手法。”斯特拉利乌斯喃喃地说，皱起了眉头。

“这个我不清楚。但过了几分钟之后，我们最后的希望也破灭了，我们看到了几个人影在墙内走动，穿着长衫，头发像饥饿的蛇一样扭动着，眼睛空洞无神。是女巫！”他喊道，握紧了拳头，好像重新经历了一次当时的愤怒和痛苦。“我肯定她们在找什么东西，”他接着说，“但我们并没有搞清楚是什么东西，因为我们已经被发现了。她们开始朝我们不断施放魔法，接着也飞上了高空，长官命令我赶紧撤退。那时候我才意识到如果骑士岛沦陷了，幻想王国的其他地方都会处于巨大的危险之中！我们两个和我们的两条龙，根本不可能打败那些疯狂的女巫们。我们拼命地战斗，杀掉了一些女巫，但远远不够。”

猎人的表情更加严肃了：“女巫的数量很快变得非常之多，我们用来抵抗最强魔法的盔甲也开始开裂了，我的头盔裂成了两半。我的龙——阿里坎特被击中了，如果不是闪电——我长官的龙，我已经死了。就在我从高空跌落的时候，闪电用它巨大的翅膀接住了我。”

一阵短暂的沉默。

猎人继续着痛苦的回忆：“女巫们一直追我们追到了我们从未到过的山上，我们遭到了一场暴风雪的袭击。我想她们以为我们已经死了。而事实上我们也差不多快死了。我的长官受了重伤，闪电非常累又受惊过度，而且，它的翅膀也开始结冰。我也受伤了，因为雪的反光和流到眼睛上的血模糊了我的视线，我什么都看不清。我们坠了下去。我以为一切都结束了，但我错了。”

“嗯，你们来到了这里的雪山上，是吗？”斯特拉利乌斯问。

“是的。我还记得当时坠落的感觉，我们从鞍座上甩了出去，刺耳的风声、雪、冰、树枝和锋利的岩石，我们重重摔到了地上。睁开眼睛后我四处寻找弗尔特布拉齐奥，但看不到他，然后……然后我就不记得什么了。直到眼前出现一张温柔的发光的脸，一双水晶般清澈的眼睛看着我，冰冷的手把我翻转过来躺在雪地里。我想可能是一个追上了我的女巫，但即使在我意识模糊的时候我也清楚那不是女巫。”

“奈维娜。”斯特拉利乌斯拨着火说。

猎人点点头，沉默了很久。

“是她救了我，她把我带到她的住所——永冬堡。我在那里养好了伤。闪电也是。奈维娜性格孤

僻，话也很少，但和她在一起我觉得很自在。然而我清楚，我不能长时间待在那里。我是一个骑士，或许是最后一个。我感到不久之前在弗洛莉迪娅娜面前宣读过的誓言在我胸中燃烧：我要保卫幻想王国，不惜一切代价。所以，快到夏天的时候，我对奈维娜说我要离开了。她告诉我没有几个骑士活下来。我问她到底发生了什么，女巫是怎么发现骑士岛的位置，以及她们怎样打破仙女的保护而占领了骑士岛，但她并没有回答我，只是告诉我骑士岛沦陷几个月之后就有别的王国也被占领了，我和幸存的极少数的骑士必须秘密保护那些还没有被占领的王国直到从女巫手中夺回所有沦陷的王国的那一刻。这就是我们的任务。”

第十一章　没有地方是安全的

夜晚用寒冷的双手拥抱着巫师和猎人，只有燃烧的火光释放出一点点热量。

猎人继续讲述着他的故事，声音愈加低沉：“就是这样，虽然我恨不得马上和女巫们作战，打败她们，但我还是接受了仙女女王的命令。奈维娜让我知道我的死在那个时候救不了任何人。于是我和闪电一起前往森林王国。闪电早就按捺不住想重新在天空翱翔了。在森林王国，我遇到了另一位仙女，帮助我暗中保护森林王国……”

“萨尔特丽娜。”斯特拉利乌斯严肃地说。

猎人叹了口气，表情复杂地点了点头：“一开始，一切发展都很顺利。森林王国和住在里面热爱和平的精灵们似乎离危险很遥远。我在那里生活得很好。有时候我几乎忘记了地下战争正在威胁着整个幻想王国。没有地方是安全的，我本应该知道这一点。我不应该忘记女巫处处有眼线，不应该分心的……”

“不要为已经发生的事情感到愧疚。你也要继续你的生活。而且，就算你想，但凭借你一个人的力量也根本不能阻止黑暗军团的进攻。”斯特拉利乌斯打断了他，“斯特里娅非常强大，而且在很久之前就策划了她阴险的侵略计划……”

猎人没有接话，只是继续说：“我知道骑士岛遭袭不是我的错，但几百个森林精灵死在狼人的手里，闪电为了封印通往星星王国的魔法门而牺牲，就是我的错。我当时疏忽大意了……”

斯特拉利乌斯摇摇头：“不是这样的。你不断这样告诉自己只会让自己一直处于痛苦之中。你太聪明了，以至于不能从痛苦中走出来向前看。你没有犯错。而且，多亏了你，现在那些消失的王国才又有了希望，因为你救了翁布罗若。”

猎人露出一个苦涩的微笑，手指紧张地在剑柄上滑动。那是一把非常漂亮的剑，是矮人们在他们出发的时候送给他的。

“已经回忆得够多了，现在你要专心寻找我们要走的路。只有你知道怎么在山里面走，并找到奈维娜。”斯特拉利乌斯的话打断了他的回忆，“这才是现在最重要的事情。”

猎人看着他说：“没有这么简单，巫师。如果说我在永冬堡学到了什么的话，那就是山可以变得非常的不友好。这些山尤其如此。我只知道奈维娜的住所在这些山之中，但在哪一边……我说过，我从没有走过，通往永冬堡的路我并不认识，就像矮人们也不知道一样。”

“你至少记得一些细节吧，不是吗？”巫师急躁地说，“你从这上面飞过，应该能认出那条路附近的山吧。”

接着他平静了下来，又说：“现在我

们先睡觉，明天会是漫长的一天。”

猎人没有说话，只是盯着篝火，眼睛里闪烁着奇怪的光。

第二天的风像结了冰一样冷，天空变成了深蓝色。斯特拉利乌斯和骑士，现在他已经不需要用猎人的身份隐藏自己了，迎着黎明的第一缕曙光继续在蜿蜒陡峭的山路上前进。

刚到下午，他们面前出现了一条盘旋在山腰的狭窄的上坡路。路一边是峭壁，另一边是深不见底的悬崖。

走了一半，两人在路上一处结冰的平台上停了下来，让雪貂休息。骑士往前走了几步，来到悬崖边上眺望四周的山，希望能够从中唤起一点多年前留下的印象，以找到通往永冬堡的路。

“到达这里很难，雪山保护着我。只有能够看到表象之外的人才能找到我，女巫就算望穿了眼睛也不能发现，所以我是安全的。”奈维娜曾经这样对他说过。

斯特拉利乌斯站起来，朝他走去，但他刚动了一下就听到一声轻微的咔嚓声。骑士的脸上闪过一丝警觉。

细碎得像鱼鳞一样的冰从他们背后的岩壁上滚落下来，掩住了骑士的靴子，滚到悬崖下面。

接着，骑士所在的平台颤抖起来，碎冰露出了它们本来的面目：雪一样白的小虫，身体覆盖着一层发光的水晶。冰虫，生长在岩壁上的极小虫子，以冰为食！

骑士的雪貂突然发出一声尖叫，滑下了悬崖。骑士本能地抓住了缰绳，想阻止它下坠。

雪貂惊恐的眼睛是他最后看到的东西。接着他也被甩了出去，掉下了悬崖。

“放开它！”斯特拉利乌斯大喊。

他知道雪貂已经没救了，只得放开手中的缰绳。

他想抓住崖壁，但被冰虫啃噬的冰面已经变得又软又脆。他顺着岩壁不停地往下滑，衣服被撕烂，脸也被划伤了。

接着，仿佛一瞬间，他停止了下坠，但脚下并没有踩到任何东西，没有踩到地面，也没有踩到树枝……

“加把劲，爬上来！”他突然听到斯特拉利乌斯

的喊声。

骑士明白了是什么让他停了下来。他看到自己被一种金色的光包裹着，斯特拉利乌斯用魔法救了他。

他伸出手摸到了冰壁上的一条缝隙，用作支撑，往上爬去。

一步，两步，三步……接着一只手抓住他的领子，把他拖到了残留的平台上。

骑士脸朝下倒在了雪地上。

巫师的魔杖上发出一道苍白的光。

“真是个好主意，明知道它的体重是你的四倍，还想抓住它不让它掉下去！你知道自己在做什么吗？”斯特拉利乌斯大声责备起他来。接着他冷静了一下，又说：“我知道你想救它，但你没有办法做到，只会把你自己也害死。”

莫儿走到骑士身边，舔了舔他的脸。

“是冰虫。”骑士愤怒地说，一边用袖子擦去脸上的血痕，“是它们吃掉了冰，让冰面坍塌了！”

“没错。它们本来并不危险，但可以制造危险。

它们藏在冰里面，根本没法发现，当发现的时候，已经太晚了……”斯特拉利乌斯说。

“现在我们有个问题：只有一只雪貂了。”骑士重新站了起来，抖掉了衣服上的冰碴。

“好吧，莫儿能够载我们两个。我想变小后我们两个的重量对它来说也能承受。”

骑士担心地看了看走了一半的上坡路。“我只希望能尽快到达，”他回头看了看残余的平台，“不再发生别的意外。”

巫师点点头，戴上了风帽，一边咳嗽一边说：“走吧，骑士！”接着他笑了：“现在可以这么称呼你了吧？”

第十二章　隐藏的路

山间的路变得更加难走。路被分成了若干段，因为拐弯的地方都被塌方和雪崩掩埋了，显然是冰虫的功劳。

第三天斯特拉利乌斯停了下来，朝南边望去。从他所在的山脊看过去，眼前的景色一点都不美好：一眼望去全是耀眼的雪山，好像一个由岩石和冰雪形成的无边无际的大海。风刮了起来，颗粒状的新雪从地面被掀起在风中打旋。但在这景致中，巫师发现了有什么不对劲的地方。

不远处，一些黑色的云层堆积，形成了一堵危险的墙。

巫师抓住骑士的肩膀，让他转身。骑士的脸上还带着上次坠崖的伤，看起来更加忧愁了，他薄薄的嘴唇之间吐出的话如同宣判："一场暴风雪正在来临，我们唯一不缺的就是这个。"

"你说过，山会变得很不友善。"巫师说。一阵强风吹来，他不得不大喊才能让对方听到。云快速涌动起来。太快了。短短几分钟就来到他们所处的地方，给这两个没有防备的人劈头盖脸来一场冰雪的风暴。

莫儿"哼"了一声，准备往前跑。

"不，朋友。"巫师拉住了它的缰绳，抚摸着它的脖子，"我们永远不能把暴风雪甩到身后，就算你跑得比风还快。"

"我们必须在雪里面挖一个避难所，这是唯一的希望！"骑士在风中大声喊道。

斯特拉利乌斯点点头："我可以用魔法来解决这个问题！"

一边说着他的魔杖上就已经出现了金色的光：冰封的岩壁上，一个圆形的孔越开越大，最后大到足够让雪貂通过。

在暴风雪狂袭之前，他们进入了避难所，用魔法关上了入口。斯特拉利乌斯用魔法在雪上点燃了一堆火，雪没有融化，金色的火光照亮了洞内。巫师、骑士和雪貂在里面休息，恢复了精力。他们很少交谈，外面依然风雪大作。过了两天，外面渐渐安静了下来，暴风雪终于过去了。

两人从避难所里出来准备继续赶路，白色的雪反射着太阳光让他们眼花缭乱。

这一天的行程比较轻松。快到晚上的时候他们看到了一条平缓的路。

“路况终于变好了。”斯特拉利乌斯说。

骑士没有说话，只是继续观察着路。最后他说：

“这条好走一点的路是通向东边的。”

“有什么问题吗？”

骑士伸出手指向一座尖尖的山峰，说：“我记得那座山，叫指天峰，在去永冬堡的路上我见过。到了那里我们就应该朝西北方向走。按照现在的路，我们还没走到指天峰就已经往南折，并且现在我们一直是往东走的。”

斯特拉利乌斯看着那个方向摇了摇头：“我没有看到有通往那边的路。”

骑士叹了口气：“我们今晚在这里歇脚。现在我回头去看看，或许我们错过了往那边走的路口。”

“我和莫儿跟你一起去。太阳下山后再休息吧。”斯特拉利乌斯说。

于是他们原路返回，但一路上没有发现任何不同，太阳落到山后面去了，两人便停下扎营。

斯特拉利乌斯用魔杖点燃了一堆篝火，就在这个时候骑士猛地站了起来，惊讶得差点叫出来。

高大的岩壁上好像有什么东西。突然，他看见一条道路出现在他面前。

“真聪明！一条隐藏的路！”巫师一边高兴地说，一边用魔杖照亮了岩壁，“非常聪明！”

在魔杖的光的照射下，他们看到了一条狭窄的小路，因为光和影的变幻，在白天，即使是经验丰富的巫师也没有看到它。

“这条路是朝北的，”骑士点点头说，“这就是通往永冬堡的路！”

斯特拉利乌斯进入了路的入口。“你说得对！”他的大胡子下露出一个微笑，“很好，那我们就往北走，不过得明天再走！现在我们太累了，需要休息。”

骑士笑了：“如你所愿，巫师。”

斯特拉利乌斯看了看骑士，摇着头拍了拍莫儿的鼻子，心情顿时轻松了起来。第二天，他们就会进入仙女保护的区域了，他们的行程会安全很多。接着，奈维娜会帮助骑士进入女巫王国，而他自己则可以跟上孩子们了。自从和他们分开，斯特拉利乌斯的心从来没有放下。他们没有人帮助，而且身处一个被食人怪控制的王国。

他叹了口气，赶走了这些念头。

第二天的黎明清新而寒冷，玫瑰色的阳光从山后射出，两人启程，进入了隐藏的小路。他们在岩壁之间行走了好几个小时，接着突然间，道路开阔起来，永冬堡的美景展现在他们面前。

巫师和骑士都惊讶得张大了嘴巴，穿行在冰封雪盖的狭窄的山路上数天后，现在出现在他们眼前的是一个被群山环绕的宽阔的山谷——永冬堡。巨大的落叶松覆盖了山谷，而更远的地方是一片绿色的杉树林，长长的树枝上堆积着刚刚下过的雪。阳光下这一切都闪闪发光。

斯特拉利乌斯和骑士心中感到无比畅快。

眼前的道路朝着危险的斜坡延伸，一直通向西北方向，中间还经过一座桥。

他们继续赶路，即将到达仙女住所的念头让他们轻松起来。到了傍晚的时候，两个人在距桥不远的地方扎营准备过夜，星星开始出现在清朗的天空中。

疲惫占据了上风，两个人都没有发现篝火的光吸引了某些东西的注意。

无数双黄色的小眼睛在黑暗中眨着。

第十三章　饕餮

猎人醒来的时候天还没有亮。莫儿已经醒了正在空气中闻来闻去。猎人惊奇地发现这么多天以来，他第一次睡着了。

斯特拉利乌斯坐在他旁边，厚重的风帽遮着脸，眼睛盯着桥。

“昨晚一切正常吧？”骑士问，眼睛看着雪白的山顶上刚刚露出头的太阳射出的第一缕光芒。

巫师点点头，骑士从行囊里翻出了一些吃的递给了他。

“好了，我们已经到了奈维娜的领地了。”骑士说，“现在不用担心了。”

“我没有这么肯定。”巫师表情严肃地说。

骑士被他的话弄得有点不安。“奈维娜会保护她的领地。”他不太自在地说。

斯特拉利乌斯转过身笑道：“没错，但是在这样的日子里仙女们也会变弱。”

骑士黑色的眼睛暗了下去：“你觉得她有危险吗？”

“我不知道，但我不信任这个地方。在见到奈维娜之前我不会放心。”

“看起来莫儿和你想的一样。”骑士说。

“是的，它很紧张……这从另一方面说明我们应该小心。”

骑士叹了口气，站起来，跺了跺被结了一层冰的靴子裹着的脚，让自己暖和一点。

“所以我们最好出发了，巫师，还有很多路要走。”

没过多久太阳就升上了永冬堡的天空，毫无保留地展示着它的光辉。

两人整理好行囊出发了。当来到他们前一天看到的桥时，他们惊讶地发现桥是冰做成的，下面是一道深不见底的大裂谷。

他们走上了桥，莫儿突然停了下来，龇牙咧嘴。巫师和骑士看了看周围，没有发现什么异常。

骑士停下来，手抓住剑，咬紧了牙。“这是什么陷阱？”他突然说，眼睛看着脚下的桥。

他的大脑已经习惯了战斗，随时等待敌人的突然袭击，但是眼前的事情他却很不习惯：脚下的桥似乎在变小……

“嘘！安静，我的小朋友。”斯特拉利乌斯伸出手抚摸莫儿的鼻子，想让它安静下来。接着，他转向骑士，对他说：“快，我们必须尽快通过这座桥！”

就在这时候，他看到巫师朝莫儿蹲了下去，骑士也明白了。

“我们变回了原来的大小！”斯特拉利乌斯解释道。

很快，他的手就变得和莫儿的脸一样大了，并还在继续变大。巫师接着说：“进入矮人王国的时候把我们变小的魔法到这里就失效了。莫儿本来就是生活在这里的，所以身上没有这种魔法，它还是原来那么大……虽然对于我们来说好像它变小了！”

骑士低头一看，刚才巨大的冰桥已经变成了细细的一条。

巫师朝莫儿伸出手，它现在在他们面前只有一只狗般大小。莫儿紧张地闻了闻他的手，认出了他，才放心地走了过去。

桥承受住了他们的重量，两人只好尽快地通过，

进入了通往永冬堡深处的一条狭窄的道路。

斯特拉利乌斯朝莫儿转过头，莫儿抬起鼻子蹭了蹭巫师的脸，好像在对他说些什么。

“你走吧，回到美岩城去，在那里你可以帮助矮人们，也可以回到你的家。谢谢你一路陪我们来到了这里！”

莫儿好像听懂了他的话，低下了头，喷了喷鼻子。然后它转过身，一蹦一跳，飞快地消失了。

斯特拉利乌斯和骑士继续往前走去，眼睛看着前方的土地，那些树远远看去像是披了一层柔软的绿色大衣，走近一看却发现它们都生病了，树干上斑斑点点，树枝也焦枯了。

骑士脑中想起了奈维娜苍白而温柔的脸，眼睛却看到了有什么东西在闪烁。斯特拉利乌斯跟上了他。

“你看到了？”骑士问。

巫师点点头：“我们至少被跟踪了半小时。黄色的眼睛……你觉得是什么？你对这条路比我熟悉。”

“是猫科动物的眼睛。这里生活的唯一的猫科动物就是饕餮。”骑士说，“它们看起来像巨大的猞猁，白色的皮毛上有蓝色的条纹，牙齿有一掌长。它们一般都是一群一起捕猎：如果看到一只，就表示我们已经被包围了。据我所知它们会把猎物一直赶到陷阱里，其他的饕餮会在那里等着。它们绝不会让猎物逃掉。”

又过了好一会儿，他们只听到自己的脚步声和风时不时刮过松林的声音。接着黄色的眼睛越来越近，在树林的暗处发出可怕的光。

饕餮出现了。

它们的耳朵上长长的毛在风中飘动。宽阔的后背，厚重的爪子支撑着饿得骨瘦如柴的身体。

领头的一只饕餮来到了最近的树后，几乎跟

骑士肩并肩走着，巫师把魔杖朝地上一点：一团红色的火焰出现在魔杖顶端，照亮了这些可怕的动物，但饕餮们并没有离开，反而开始愤怒地咆哮起来。

“我的天哪！”骑士沙哑着嗓子喊道，“这太不正常了。它们应该怕火才对。”

“没错。或许是饥饿让它们无所顾忌了。”斯特拉利乌斯说。

领头的饕餮低吼了一声，饥饿的眼睛死死盯着骑士。

很久以前，骑士曾经差一点杀死一只饕餮，奈维娜阻止了他，并且责备他说：“饕餮是雪山的动物，它们虽然危险，但是它们很珍稀，它们有权力生活在这里，要赶走它们用火就够了，不要赶尽杀绝。”

或者说曾经用火就可以了。但现在不行。

永冬堡发生了什么？奈维娜发生了什么？

没时间想这些了。

突然之间，好像约好了一样，饕餮们一起跳了出来，扑向他们。至少有四十几只，个个又瘦又饿。

骑士手抓着剑闪到了一边。

斯特拉利乌斯也动了起来，把魔杖挥舞得像镰刀一样。

一只巨大的饕餮被击中后背飞了出去，撞到一棵树上。领头的饕餮停了下来，用眼睛盯着骑士迅速拔出的佩剑。

它朝他扑了过来，其他的饕餮则包围了巫师。巫师伸出魔杖，大吼一声，一连串魔法出现在魔杖的顶端，击中了一群围绕着他的饕餮。其他的饕餮则更加愤怒地扑了过来，巫师吃力地挡住了它们。

“连我的魔法也不怕。”他惊恐地想。

接着神秘的咒语从他嘴里吐出，发光的利刃从空中射了下来，把饕餮们像破布一样撕碎了。

蓝色的血染到了雪地上，黄色的眼睛失去了生气。

然而饕餮的进攻没有停止，剩下的饕餮继续咆哮着冲了上来。

第十四章　奈维娜

就在巫师的魔法划破天际的时候，骑士陷入了与饕餮头领一对一的肉搏战之中。饕餮纵身扑了过来，骑士往地上一倒，顺势滚到一边，立刻又站起来挥舞起剑。

饕餮再次猛扑过来，这次骑士来不及逃脱，被扑倒在地。

红色的血混着蓝色的血溅到了地上，一人一兽开始了你死我活的战斗，而巫师也陷入了其他饕餮的重重包围之中。

领头的饕餮几乎把骑士整个儿压在了身下，他感到自己快败下阵来：饕餮的鼻息喷在他的脸上，獠牙离咽喉只有几厘米远，他的视线被挡住，胸口被压得喘不过气。

就在这时候传来了一声高亢刺耳的箭响。

一道白色的光照亮了黑暗的树林。

树林仿佛瞬间静止了，饕餮的利爪已经刺入了他的肉里。其他的饕餮后退着，消失在树林中。

但领头的饕餮没有动，它抬起头，继续用强有力的爪子控制着它的猎物。接着，它发出了一声咆哮，大地都震颤了。

蓝色的血液喷了出来，溅到了骑士身上。饕餮朝一边晃了晃，倒在地上，死了。

斯特拉利乌斯跑了过来，扶他站起来。骑士咳嗽着，终于又能够呼吸了。

接着他看到了一双浅蓝色的眼睛，清澈得像冰一样。

奈维娜的眼睛。

“我以为你不杀饕餮……”骑士气喘吁吁地说。

“我以前也这么认为，”仙女苦涩的声音回答道，“就像我以为不会再见到你了。不过能再见到你我很高兴，骑士，尽管是在这么恶劣的环境里。还有你，巫师，欢迎来到这个冰天雪地的世界。”她说着，走了过来。

雪峰的仙女和其他仙女一样，身上笼罩着一种蓝色的光芒。苍白的脸，天蓝色的头发，一双绿松石色的清澈眼睛引人注目。她穿着一身实用的白衣，在雪中难以辨认出来：厚厚的裤子，长到膝盖的温暖的丝绒长衫，腰间系着一条简单的银腰带。宽大的袖子在手肘处用带子束了起来，外面披着一件白色的斗篷。

波浪般的长发在背上飘舞。可能是因为寒冷或者刚才的奔跑，她的脸颊上有一丝红晕。

斯特拉利乌斯看见她跪在被她自己用银箭射死的那只饕餮的尸体前。

她把手放在饕餮的脖子上，摇了摇头，像是在为刚才的行为道歉：

“我们必须离开这里。它们受到了惊吓，但很快会回来……它们太饿了。”

“但是……我记得以前饕餮没有这么凶猛的。这里发生了什么，奈维娜？”骑士担心地问。

“永冬堡的许多东西都变了。”仙女回答，“黑暗力量也影响到了这里。现在不是说这个的时候，我们必须尽快到达安全的地方，这里不再是以前的斑点森林了，完全不是。”

“跟我来。”仙女往前走去，又回头道。

骑士点点头，皱起眉头，仙女的眼神让他很不安。而这个时候他才看到仙女的背。

“你的翅膀怎么了？”他沙哑着嗓子问，仙女轻盈的翅膀如今已经残破不堪。

奈维娜低下了头，说：“我说过，骑士，很多东西都变了……”

“但谁能这么做？！”斯特拉利乌斯的心揪了起来。

奈维娜一动不动：“是女巫。但现在不是说这些的时候。跟我来，我说过了！”她转身走远了。

斯特拉利乌斯和骑士跟上了她。他们走了几个小时，终于看到了圆形屋顶上的尖塔，他们知道，奈维娜的住所到了。

永冬堡。

第十五章　仙女的家

这天傍晚，当夕阳染红了雪山后，斯特拉利乌斯、骑士和奈维娜走出了密林，来到仙女的住所外。城堡耸立在石峰上，一条宽阔的护城河绕城流过。高高长长的窗户打开着，反射着夕阳的余晖。

真的和以前不一样了。

骑士的记忆中没有这条护城河，城堡精致华丽，像一颗钻石一样闪闪发光。现在，城堡的外墙十分斑驳，窗户的玻璃暗淡无光。圆形屋顶上的银塔微微倾向一边，上面破烂的旗帜在风中飘动。

圆顶两侧的双塔中，有一座已经损毁，塔顶不见了，露出了木头的横梁。

果然，骑士心痛地想，一切都变了。所有的地方都变了。

第十五章　仙女的家

奈维娜加快了脚步，敏捷地跳到护城河边的一块石头上。很快传来一阵碎玻璃般的声音。斯特拉利乌斯和骑士走上前去：只见护城河的河底升上来无数小小的碎冰块，冰块一个个接到一起，形成了一座弧形的冰桥。

他们迅速通过了冰桥，刚到河的另一边，桥便消失不见了。他们走进了一个用许多弯弯曲曲的长树根和晶莹发光的冰柱围起来的入口，这里曾经是城堡的大门。

奈维娜领他们进入城堡内。他们来到室内，里面空空如也，只有夕阳的余晖照射进来。窗户上和门上都用冰条封得死死的。

“欢迎来到永冬堡。”仙女平静地说。“这就是它现在的样子……”她的声音低了下去，“来吧。你们肯定需要暖暖身子，吃点东西。”

他们沿着盘旋而上的楼梯朝圆顶走去。斯特拉利乌斯询问这里发生了什么。

“是饕餮。”奈维娜回答，“这个我们一会儿再说。你们先把身上的破衣服换了。吃过晚饭后我们再来谈你们关心的事情。”

她把他们领进圆顶的二楼的一个房间，给他们拿来了换的衣服便出去了。

当骑士换好衣服出来的时候，奈维娜已经布置好了餐桌。她也换上了一件白色的衣服，受损的翅膀隐藏在一件浅色的斗篷下，长长的卷发披散开来，发出天蓝色的光。

“我没有多少东西能招待你们。”奈维娜看着骑士说。

“对我们来说都是一餐盛宴，不用太费心。”骑士往前走了一步说，“这些年你过得应该不容易。”

“是的，很艰难。”奈维娜说。

她转过身看见骑士正注视着一个装着冰花的大花瓶。“我唯一能救活的就是它们了。”奈维娜说，“还记得这些长在花园的篱笆上的花吗，骑士？”

骑士从这些精致的冰花中摘下来一朵。它们的形状让他想起夜晚的星星。在他心里，一直都以为没有

什么东西能威胁到仙女的性命。她们美丽、强大，她们的寿命如此之长……仙女是永生的，就像天空的云一样永恒。正因为她们的天性，她们成了幻想王国的守护者。但现在他第一次意识到，就算是仙女，也需要别人的帮助。她们拥有强大的力量但同时也肩负巨大的责任，要担负起这种责任，她们别无选择地放弃了其他的一切。

某种程度上，她们和玫瑰骑士很像，他一边想一边来到了窗户前：他们也曾宣誓要保护幻想王国不落入恶人之手。

巫师低沉的声音加入了谈话：“我看了下你的温室，真的很漂亮。”

“以前里面的植物更多……不过现在种的也足够我吃了。”奈维娜淡淡一笑，“好了，你们很快就可以尝到它们的味道了。到餐桌来吧！”

她一边说一边从烤箱中拿出一个烤得金黄的蛋糕，蛋糕散发出蘑菇和香料混合的香气。

巫师和骑士立刻感到一阵暖意涌上心头，他们终于又可以坐在餐桌前了。

“那么告诉我们，奈维娜，你怎么会及时赶到救了我们呢？”斯特拉利乌斯问。

“你们经过的那座冰桥是有魔力的，我能看到所有经过桥进入永冬堡地界的人。我知道你们来了，便出来接你们。”仙女回答。

“永冬堡究竟发生了什么？”骑士问。

奈维娜叹了口气，开始诉说。“一切都发生在你走后的第三个冬天。那时我正尽我的力量帮助矮人对抗邪妖占领其他地方的企图，同时我也必须保证永冬堡的安全，因为我知道有一天这里会对幻想王国的反击产生重要作用……我也的确这样做了。”她叹了口气，“我收到的信息很少而且不完整，但全是坏消息。古老的王国一个接一个落入了女巫之手。没过多久，作为最后一道防线被弗洛莉迪娅娜派到各处的幸存的玫瑰骑士，也纷纷被俘或被杀了。我心里非常难过，因为在这个远离其他国家的地方我不能帮上一点忙。我想和勇敢的女王并肩作战，但女王却让我留在这里，我只能听命。一切都开始在一个炎热的夏日。我正在独角兽盆地的白杉林巡逻：来自仙女王国的蓝天河从那里流出形成了一个湖。我清楚地记得当时的情景，仿佛就在昨天发生一样……天上突然下了一场暴雨。雨来得又快又猛，只有夏天的雨才会这样。我看到了有生以来从未看见的事情：云是蓝色的，雨是热的，还散发出一种硫黄的臭味。我很害怕，而且身上都被淋湿了，于是我躲进了一个山洞里，我想正是因为这样我才活了下来……那场可怕的雨削弱了我的仙力，烧毁了我的翅膀。我痛苦地倒在了地上，晕过去了很久。当我醒来的时候，雨还在下。过了很多天，那些云才消失，魔雨才停了下来。”

“魔雨？”斯特拉利乌斯问。

奈维娜点点头：“当风吹走了蓝云后，我才明白一切都被那场雨毁了，树和草干枯了，独角兽盆地的白杉也被毁了，动物们都死了。只有没被雨淋到的那些活了下来……忠诚的独角兽科迪诺和弥塞拉来找我，在它们的帮助下我匆匆赶回了城堡，却发现城堡已经被毁了一半：松树的叶子掉光了，花死了，房子上都是那场雨留下的黑色痕迹……另外，几个月后我发现一些石头有了生命，开始四处移动，在地上制造沟壑，抬高地面，改变道路，连我也被迷惑了。”

“是魔法，毫无疑问。”斯特拉利乌斯说。

“没错，不仅如此，饕餮们也变了：它们以前是只在树林里捕食的害羞的动物，虽然也很危险凶猛，但在那之后却变成了嗜血的凶兽，随时准备袭击任何人……”

“它们袭击了你的城堡。”骑士说。

“是的，它们围攻了我，我能活下来是个奇迹。我的仙力似乎不能阻止它们，当时我几乎绝望了，但最后我还是赶走了它们。从那之后我们就公开对立了。我尽量不杀它们，因为它们总归是大山的动物，我的目的就是保护这些动物，但很多时候它们并不给我选择的余地。它们已经成了女巫的手下。”

“之后呢？”斯特拉利乌斯问。

“依靠温室里仅剩的植物，我尽量恢复了过来。我建造了护城河，不让饕餮和那些活石头进入这里。此时魔雨已经离开，往南边的希望之山去了。之后我了解到，即使是邪妖们也害怕那里，因为那里的石头

有了生命。”

斯特拉利乌斯和骑士不安地对视了一眼。

孩子们会经过那里。

“那独角兽呢？”骑士问。

“独角兽？”

“是的，我们来拜访你正是希望得到它们的帮助。只有飞毛腿独角兽能够在短时间内带我们到我们要去的地方。”斯特拉利乌斯说。

骑士点了点头。他盯着壁炉里噼啪作响的火焰，说：“这场悲剧该结束了。”

第十六章　希望

“我没看到你的回音水晶。”斯特拉利乌斯突然说。

“回音水晶？”骑士不解地问。

奈维娜把手放在胸前，好像那里有一个看不见的挂坠一样：“你的眼神真好，巫师。我的回音水晶没有了。回音水晶是我们这些居住在远离仙女王国的仙女和弗洛莉迪娅娜通话的工具。那场魔雨淋坏了它的锁扣，等我发现的时候，它已不见了。从那时起我就是一个人了。”

骑士皱起了眉头：“那么你就得不到最新的消息了。”

“断断续续地知道一些，通过聆听蓝天河河水的声音。我知道弗洛莉迪娅娜非常痛心，落入女巫之手的王国越来越多，黑暗军团像瘟疫一样在整个幻想王国迅速蔓延。其他的我就不知道了。告诉我你们看到的，以及你们为了打败黑女王准备怎么做。”她焦急地说。

斯特拉利乌斯将自己知道的和最近一段时间新发现的事情都告诉了她，包括弗洛莉迪娅娜是怎样把重任托付给翁布罗若，森林王国和矮人王国的美岩城是怎样解放的，还有翁布罗若杀死第一个空心骑士的事情。听到这里，奈维娜睁大了眼睛。斯特拉利乌斯还提到了权杖的威胁，要阻止黑女王控制整个幻想王国就必须摧毁权杖，以及很久之前她送给矮人们的铃铛是削弱黑暗联盟的唯一工具。

他讲完之后，奈维娜沉默了很久，说："我会竭尽全力帮助你们。这是我在这里的目的，一直都是。"

"那我们有什么能够帮到你的吗？"斯特拉利乌斯问，"或许我们可以陪你到一个更安全的地方，我们不能让你和饕餮待在一起。"

"不，我必须留下。我要保护这片土地，至少在大地和山坡恢复干净的绿色之前我不能离开。”奈维娜坚决地说，“但事实上有一件事情你可以帮我。”

仙女停顿了一下，用她明亮而深邃的目光看着斯特拉利乌斯。

“我很愿意尽我的全力来帮助你。”斯特拉利乌斯回答。

“谢谢，我就知道我可以信赖你。”奈维娜说，“唯一可以加快净化这片土地的方法就是在被污染的水里放入一些可以吸收毒物的东西，就像海绵一样。可惜在永冬堡并没有这样的东西，至少自然形态下没有，所以需要借助魔法的力量。不过……”奈维娜的眼睛突然充满了哀伤，她深吸了一口气，好像接下来说的话用了她很大的力气，“在那场魔雨之后，我的仙力大大削弱了，现在我没有足够的能量完成这样的魔法，比如改变一个东西的自然状态。这就是我需要你帮助的地方，用魔法把普通的石头变成一块海绵石。”

“没问题。”斯特拉利乌斯毫不犹豫地说，“用你的智慧和我的魔法，不会是什么难事。我们开始吧！”

“谢谢你，巫师。”仙女感激地说，“我们到外面去选一些合适的石头。”

三人来到了永冬堡的花园里。奈维娜来到一处小花圃中，挑选了一些浅色的圆石头，她权衡着，放下了一些，把另一些放到了一边。然后她来到斯特拉利乌斯面前，把挑选出来的石头放到了地上。

“准备好了吗，巫师？”奈维娜问。

“好了，开始吧。”

骑士看到巫师的魔杖发出光芒，向四周铺展开来，笼罩住了他和仙女，接着光芒变成了一道高高的光柱，罩住了他们之间摆放的石头。石头飞到了奈维娜的脸一般高的位置。奈维娜伸出手，从她的手掌中发出一道蓝色的光：一接触到石头，蓝色的光就变成了许多小小的气泡，附在石头粗糙的灰色表面上，然后进入石头里面，石头一个个膨胀了起来。

接着巫师的魔杖发出一道更加强烈的光，罩住了石头，骑士看不见石头了，光也突然消失了。

魔法只持续了很短的时间，很快一切又恢复了正常。地上的石头已经发生了变化，变得比之前大了很多，上面有很多小孔。奈维娜把它们放到手中。

“这些石头就是永冬堡的救星。这些应该足够净化蓝天河的水了。蓝天河的水灌溉着这里的土地和山坡，如果能够净化它，生命就能重新回到这里。”她转过身对斯特拉利乌斯说，“谢谢你，巫师，没有你的帮助，我做不到这些。”

斯特拉利乌斯笑了。

“所以，”奈维娜接着说，“我们下一个目的地就是白杉林——蓝天河的源头。在那里你们能看到飞毛腿独角兽。在它们的帮助下，巫师，你可以去寻找那些孩子，而你，骑士，可以到达女巫王国。”

骑士点点头。

“不过我们必须迟些时候才能出发。”奈维娜叹了口气说，“我们就利用暴风雪来的时候好好休息一下，我会帮你们准备好路上的食物。”

“暴风雪？”骑士看了一眼树叶缝隙中露出来的天空，不解地问。

他们相遇以来，奈维娜第一次露出了甜美的笑容，说道：“月亮落下去之前，就会下雪了。你们先去睡觉，好好恢复一下体力。在这里很安全。”

骑士叹了口气。

他和巫师两人躺了下来，这么多天的艰难跋涉之后他们第一次舒舒服服地睡了一觉，此时外面的云已经越积越厚，遮住了星星和月亮。

很快天空中就飘起了白色的雪花。

雪下了两天。

第三天的傍晚，风起了，雪势被风吹乱了。

骑士在窗前焦躁地走来走去，这场让他们不得不停留的风雪使得他越来越不安。当奈维娜的声音在房间响起的时候他吓了一跳。

“你们准备好了吗？”仙女笑着说。

骑士耸耸肩：“下着暴风雪！再急也只能等。”

奈维娜眨了眨眼睛，依然微笑着：“骑士，你太悲观了，不过我能理解。你们来之前我心里也很悲观，多亏了你们，我重新找回了保护这片土地的力量和勇气。弗洛莉迪娅娜给我们每个人都授予了使命，怎么样去完成这些使命或许将左右整件事情的结局。我的使命是保护永冬堡，翁布罗若的使命是解放消失了的王国，斯特拉利乌斯的使命是帮助翁布罗若和他的朋友们。而你，骑士，你的使命是保卫森林王国。而在森林王国解放之前，你已经尽可能地做了所有事情，但你现在要做的事却是不可能的。”仙女说完，脸色已经严肃了起来。

“这件事必须有人去做。”骑士说，“女巫必须被打败！”

奈维娜点点头，叹了口气：“耐心一点，看得远一点。”她转过身看向窗户：“暴风雪要停了。我保证，最晚明天傍晚雪就会停，第二天早上你们就可以出发了。”

灾难来得太突然……
人们还来不及反应，女巫已经把所有的一切都变成了石头……
任何人，任何东西都没有幸免。
高沦陷了，幸存下来的人面对女巫的黑暗力量无策。还有什么东西可变这场战斗的结局？？或许吧。魔法？可能也许只需要一份……来空的礼物。
来自天空的礼物
一个英雄的诞生

这个在风中被代代传颂的故事从这里开始……
一位母亲在与女巫战斗，为了它自己……

……和它的孩子的性命。作为高贵的蓝龙最后血脉的它还从未在幻想王国的天空翱翔过。
然而在那个时代，就算是龙也对抗不了黑暗力量和他们对毁灭的渴望。

蓝龙的命运就要走到终点，
这条小龙也不例外。

……如果那一刻，天空没有送来这份礼物。

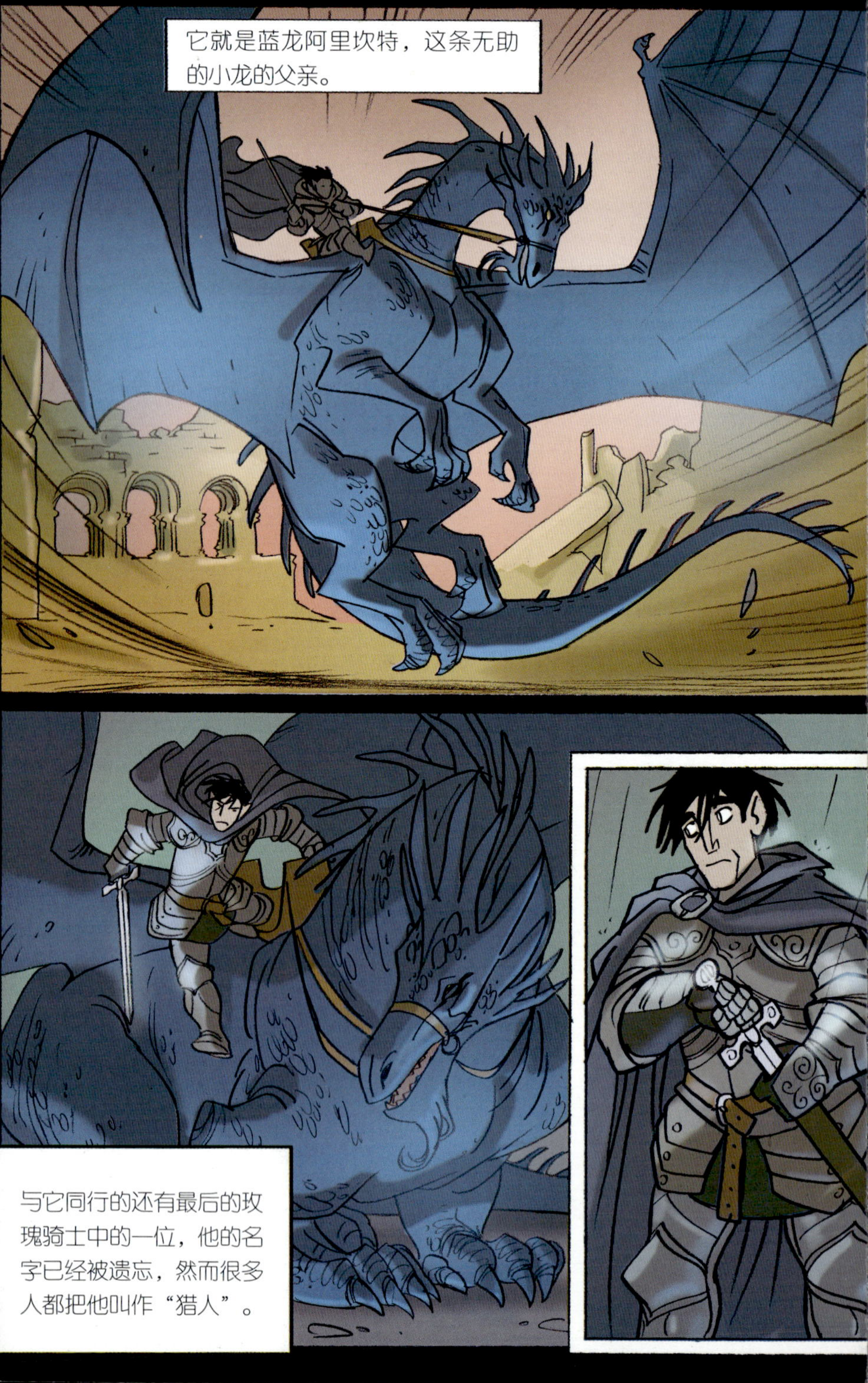

它就是蓝龙阿里坎特，这条无助的小龙的父亲。
与它同行的还有最后的玫瑰骑士中的一位，他的名字已经被遗忘，然而很多人都把他叫作“猎人”。

可他来得太晚了。古老的骑士岛上只剩下瓦砾和废墟。岛上的居民变成了一块块石头。无人幸免。
唯一留下的，只有看到同伴为保卫骑士岛而牺牲的痛苦。痛苦……
GRRRROOOOOWWWWWL
…和愤怒。

他们两个并不是唯一加入战斗的人：还有老师和他的龙“闪电”。他们都为自己没有早点回来而内疚不已。
但女巫并不打算给他们恢复和逃跑的时间，她们已经准备好了再次发起进攻。

一天晚上，这群侏儒战士终于抓住机会夺回了本属于他们的东西。
他们重新成为了这片土地的主人……
夺回了他们的家园……
解救了成为囚犯的伙伴。

而她重新见到了她以为再也见不到的小龙。
她呆住了，但战争不会等待任何人。
幸好她的爱人及时赶来，他总是在保护着她。

他们一起打败了食人怪。
而敌人的救援部队很快就要来了，侏
们重新躲进了避难所。
她本想留下……
但他叫她跟
了上来。
于是他们说好：永远不再提起那条小龙。它太危
险了，他们在森林里的避难所不能收留它。

他们决定抛下小龙。
但迷茫的小龙还是跟着他们。远远地，不让自己被发现。
它完全没料到会发生什么。
原来食人怪的头领并没有死。
他装死活了下来，还想把侏儒们从他们的藏身之处赶出来。

跟着小龙，他的目的就更
容易实现了。

小龙在森林里跑啊跑啊，
终于闻到了她的气味……
……它找到了侏儒们
的避难所。
然而也让食人怪找到了他们。

他们只能逃跑。
在逃跑的过程中，他被人潮推着往前走，而她被落下了。
巫们教会了食人
一些魔法，好让
们能够把侏儒全
歼灭。

他明白的时候已经太晚了。
她看着他，多么希望她的爱
人能够跑得再快一点。
他看着她，多么希望
在食人怪施放魔法之
拥抱着她。

他的骨头变成了树根，但他不顾疼痛继续奔跑。
她也没有停下，直到她的脸变成了坚硬的树皮。
当风从合适的方向刮过来的时候，他和她能够用细长的枝叶触碰到对方。这就是可笑又残酷的命运。
侏儒们消失了，变成了现在的絮语森林。

然而还有人没有投降。
食人怪把它见过的最好的人变
了树，它一定要报复。
它胸中的愤怒在沸腾，面对发生
的一切，它感到深深的自责。
那个食人怪要为此
付出生命的代价。

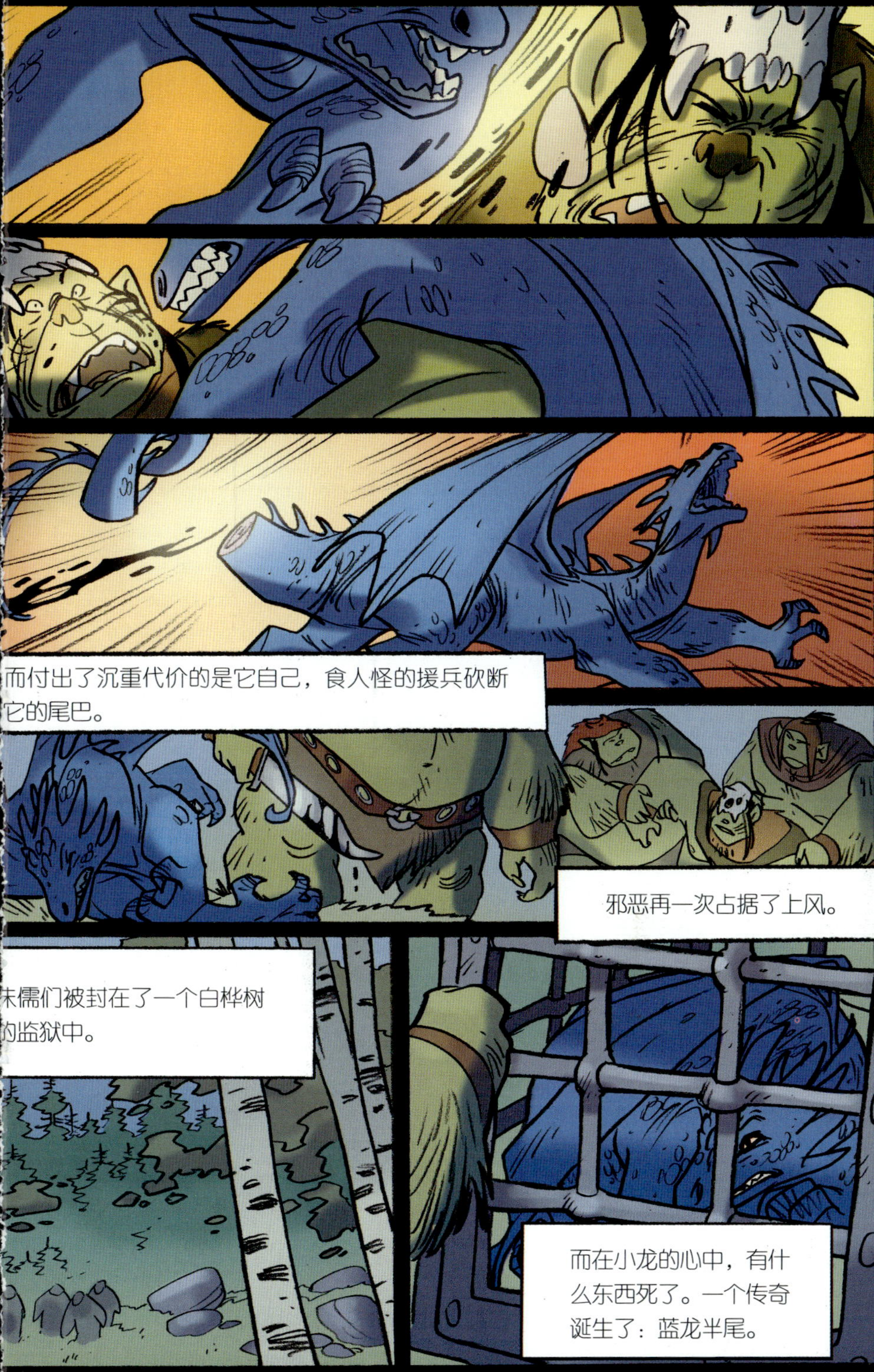
而付出了沉重代价的是它自己，食人怪的援兵砍断
它的尾巴。
邪恶再一次占据了上风。
儒们被封在了一个白桦树
监狱中。
而在小龙的心中，有什
么东西死了。一个传奇
诞生了：蓝龙半尾。

只有一样东西没有被摧毁：那就是希望。希望某一天，他和她能够再次拥抱，他们的王国能够从黑暗力量的手中被解放。他们在那里等待了很多年，因为他们知道，早晚有一天，他们会收到……来自天空的礼物。